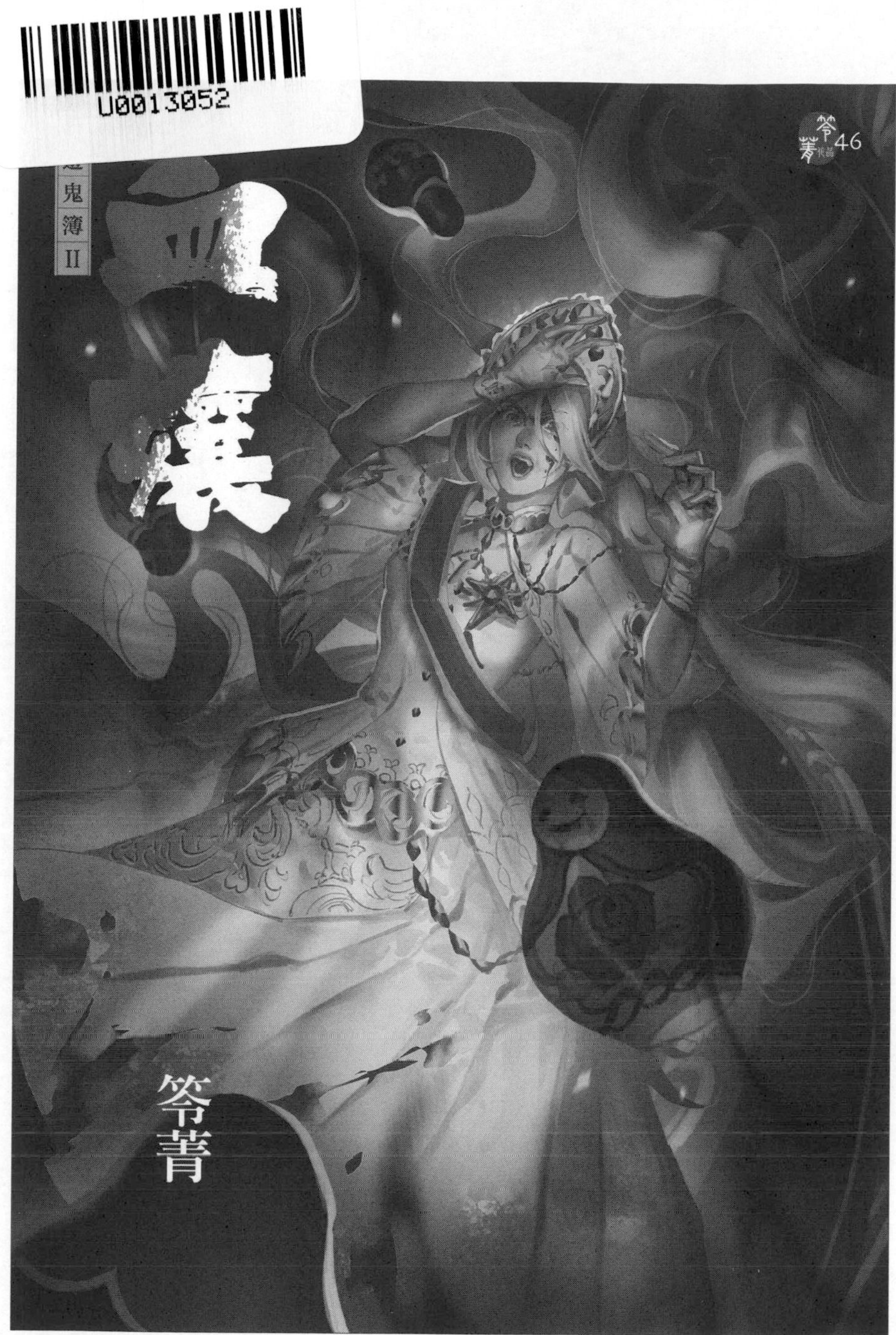
笭菁 46
鬼簿 II
笭菁

CONTENTS

異遊鬼簿II：血孃

楔子

寒風凍人，路燈下站著一個穿著藍白相間大衣的女人，正打著哆嗦。她用圍巾包住了頭，戴著手套的雙手不停搓揉著，站在白皚皚的雪地裡，女人幾乎快成為雪景的一部分。

「他會來……他一定會來！」她望著遠處耶穌復活教堂的洋蔥頂，雙手合十的默默禱告。

她許過願了，對著那珍貴的俄羅斯娃娃許願，她好喜歡好喜歡那個人，好不容易感覺到他也喜歡上她了，她才大膽的留下紙條，跟他相約於此，他會來的，一定會來的！

只要願望成真，她就會把娃娃擺出來喔！

「嘿！」

身後傳來男人的聲音，女人顫了一下身子，雙手交扣，既期待又怕受傷害的緩緩回身。

面貌俊秀的男人對著她綻開笑顏，她雙頰泛紅，神情極度愉悅。

「我收到妳的字條了。」男人舉起手，將紙條夾在兩指之間。「我以為只有我在注意妳。」

女人靦腆的低下頭，美麗的容顏此時顯得更加醉人。

男人直接曲起手肘，女人甜甜的搭上，雪一片片落在肩上，越下越大。

他們到美輪美奐的吉姆百貨公司喝咖啡、吃簡餐，那是她工作一年都不一定吃得起的東西，光是仰望有四百公尺長的採光拱形屋頂，就能瞧見夜空中的點點繁星，今晚像是魔法之夜，美得不可思議。

吃完飯後，男人提議去酒吧坐坐，兩人親暱的離開紅場，上了男人的車。

她甜笑著，坐在副駕駛座上，打開皮包，望著靜靜躺在裡頭的俄羅斯娃娃。

「怎麼？」男人發動車子，往前駛離。

「我許了一個願。」她向俄羅斯娃娃許願，希望能跟這個男人在一起，現在願望達成了，她應該要把九層的俄羅斯娃娃一個個打開，讓最裡面的小娃娃露出臉來。

「什麼願望？」男人好奇的問著，她卻笑著搖頭。

怎麼可以說呢？這是她跟娃娃之間的秘密啊！

她拿起俄羅斯娃娃，每一個俄羅斯娃娃都不一樣，因為全都是手工彩繪，她的套娃是漂亮的紅色服裝，娃娃的臉龐非常精緻，紅唇上翹，相當美麗。

『把我打開！』

最外面一層的娃娃，突然像在說話一樣開了口！

「咦？」她嚇了一跳，一時鬆開了手。

俄羅斯娃娃掉到地上，在座椅間滾動。

「沒關係，等等再撿好了。」男人從容的說著，畢竟在車上，東西不會不見。

「抱歉！」她心有餘悸，奇怪，剛剛有一瞬間她好像看見娃娃的嘴巴張開了？

『我完成了妳的願望，妳應該放我出來了！』車後頭，隱隱約約傳來忿忿不平的聲音。

但似乎只有她聽得見，不安的瞥了男人一眼，他回以微笑，然後她緩緩的向右望去。

俄羅斯娃娃好整以暇的坐在後座，怒目瞪視著她。『快點放我出來！』

「哇！」女人嚇得驚慌失措，那個娃娃真的在動。「停車！停車！」

「怎麼了嗎？」男人很錯愕，「我現在在車道中間，不能停……」

「不不！」她慌亂極了，「我現在就想——我們要去哪裡？」

她透過擋風玻璃看向前方，訝異的望著陌生的路徑。「我們要離開莫斯科？」

男人微微一笑，冷不防騰出右手拿出一罐東西朝女人臉上一噴。

她尖叫著，掙扎沒兩秒，便陷入了昏迷，整個人癱軟在座椅上。

男人掛著欣喜的笑容，愉快的繼續往前開，愚蠢的女人、被戀愛沖昏頭的女人、對俄羅斯娃娃許願的女人！哼！

瞠目結舌的俄羅斯娃娃因為變換車道再次滾了下去，她露出猙獰兇狠的表情，就只差一步，她要出來！把她放出來！

第一章 遇見

「呀呼！」女孩大聲尖叫著，在寬大的人行道上又叫又跳，手裡拿著相機到處拍，那雀躍的模樣引起了旁人的注意。

走出地鐵站，莫斯科的大道上，人行道之寬闊堪比馬路，每個路人都能放心行走，與馬路以草坪相隔，另一邊緊鄰的就是青翠綠樹，人車完全不必爭道，如此寬闊的街景令人心曠神怡！

也就是如此，女孩才會興奮的跑來跑去，一會兒拿相機拍拍街景、一會兒拍不遠處的紅場圍牆，一會兒又轉過身來，衝著他們大喊：「笑一個啦！」

「妳很吵耶！」游智禔忍不住抱怨。

「快點啊，我知道你一定很想跟惜風合照！」

呃……游智禔一陣尷尬，偷偷瞄著走在身邊的恬靜女孩。

惜風好像沒聽見似的，她連側臉看起來都像瓷娃娃一般，沒有什麼表情，可是這份清秀的模樣，真的超級吸引人。

「惜風！不要動啦！拍一張！」前頭的女孩還在大喊。

惜風停下腳步，倒是很大方的微笑，游智禔抓緊時間，臉紅心跳的比了一個勝利手勢。

「哇喔，郎才女貌！」女孩看著相機裡的照片，故意大聲說著。

惜風終於走到她身邊，瞥了一眼相機裡的照片。「不要亂說，小雪。」

「看起來很登對啊！」她賊賊的笑著。

「跟我扯上關係不會有好下場的，別起鬨。」她說這句話的音量，大到剛好讓跑過來的游智禔也聽見了。

話一說完，她很自然的繼續往前走，小雪則是張大了嘴巴，呆呆的轉向游智禔。「這比發卡還慘。」

「閉嘴啦！」他一把搶過相機，嗚~惜風那樣微微笑著的樣子真漂亮，氣質出眾耶！

「我會把檔案寄給你，你可以放大洗出來，再拿去裱框。」小雪良心建議，把自個兒的相機給拿回來。

「妳很囉唆耶，到底在胡說八道什麼？」游智禔假裝不耐煩的說著，心裡想的卻是這種照片當然要放在手機桌面，這樣才能每天都看得見！

「你的耳朵都紅啦，明眼人一看就知道你喜歡惜風！」小雪還煞有介事的扳起指頭來，「瞧瞧，我們認識才三十幾個小時我就發現了，你太明顯了！」

「真的假的！我明顯？」游智禔滿腹委屈，「我看惜風完全沒有察覺啊！」

「噢！」小雪眨了眨眼，看著走在前方，那個穿著羽絨外套，長髮披肩的神秘女人，不由得皺起眉。「你是不差啦，但是硬要比喔……那高下就出來了！」

「妳是在說什麼瘋話！」游智禔有聽沒有懂，心裡還覺得有點不舒服。

小雪嗯了好長一聲，還拖了尾音，結果卻只是聳聳肩，接著便快步追上走在前頭的惜風。

「喂！」游智禔氣急敗壞，到底是在賣什麼關子啦！

惜風正悠哉悠哉的閒步，沿著紅場的圍牆走著，雖然還是很冷，但是這個冬天跑夠多寒帶地方了，加上她長年都在冰冷的環境下過活，這樣的溫度她很能適應。

「惜風，別走那麼快啦！」小雪追上來。

「我走得很慢啊，是你們聊不完。」她邊說，回頭瞥了游智禔一眼，他看起來正被什麼困擾著。「妳啊，別把我跟他湊成一對。」

「厚……妳果然知道他喜歡妳！」小雪一臉賊樣。

「但是我不喜歡他。」惜風說得毫不婉轉，「而且我是不能被喜歡的類型。」

小雪凝視著她，若有所思。「妳之前在日本時好像也有說過類似的話。」

「記住這點就好。」她不打算多作說明。

小雪暗暗吐了舌，她早知道惜風的個性。

跟惜風認識是在去年，她們一起在某家律師事務所打工，還很幸運的可以陪主管去日本出差，但有時候物極必反，當「工讀生」可以到國外去玩這種好事發生時，衰事通常就會跟著來。

她們遇上日本傳說中的丑時之女，源自為愛發狂嫉妒的女人們，結果竟然跟花心老闆有關，弄到死傷慘重不說，還有些人直接失蹤了！只不過，那件事跟她脫不了關係，間接傷到惜風，讓她一直感到很愧疚。

「妳為什麼突然辦休學啊？」小雪上前，不解的問著。

事實上學校早已經開學了，但惜風卻毅然決然辦了休學，這讓很多人驚訝，畢竟都大三了，成績也不是說不好，為什麼突然休學。

多數人猜測是因為郭佳欣意外身故。

大家都知道惜風跟班上同學一起出國玩，結果好不容易平安返抵國門，郭佳欣跟學校韓聯社的同學卻發生重大車禍，一台車變成廢鐵，全部當場死亡。

還有人說惜風因為沒有搭便車撿回一命很幸運。

但只有惜風知道，同學的死亡不單純，那是死神的干預。

「我想了很多，我想做的事很多，念書是擺在最後的。」惜風幽幽說著，對於遲早會成為死神新娘的她，念書到底要做什麼？

她的命運早在八歲那年就已經決定了，母親死亡的那晚，她差點被母親的同居人殺害，因此遇上了死神，天真的她向死神求救，從此走上了不歸路！

死神說喜歡她，宣告了她是祂的所有物，等到她最美的那一刻，祂將帶她離開人世。什麼是最美的一刻、帶離又是什麼意思，她從來不懂，問了也沒有結果，就這樣一年過一年，形單影隻的度過……當然，身邊絕對有死神陪伴。

游智褆疾步跑了過來，繞到惜風的另一邊，惜風最近都很沉默，他很擔心。

「啊你咧？你為什麼也休學？」小雪對著游智褆問，總不會喜歡到惜風休學他也跟進的地步吧？

「呃……私事。」游智褆聳了聳肩，家裡的事總是不該為外人道吧！

「切！你們怎麼都那麼奇怪啊！莫名其妙就休學！」她咕噥著，當然也是因為這樣，才可以在平日出國旅遊啦～

咦？她？她沒有休學啦～呵呵！她大四啦，課早就都修完了，有的是美好假期，原本就想找地方玩了，沒想到惜風竟然打電話約她！

「妳還好嗎？」游智禔貼心的問著：「總覺得妳一路上都悶悶不樂的。」

「我？我一直都是這樣，我沒有悶悶不樂。」她輕笑著，「你不必管我，我自己能處理的……去跟小雪聊聊、幫她拍照吧！」

嗯……游智禔皺著眉，跟那個很吵的女生喔！

他嘆口氣，瞧小雪一直自拍也不是辦法，他只好邁開步伐朝她走去，反正惜風的朋友就是他的朋友，大家都一起出來玩了，還是別想太多比較好。

這趟旅行真的是撿到的，惜風說一切費用她全部包辦，只希望他能陪她出國……那時他興奮了半天，以為是「單獨」跟惜風出去玩，嘖！結果一到機場就看到一個吵死人的女生。

望著前頭和樂的身影，惜風只是淡淡的笑著，這是平凡的幸福，她現在懂得把握每一寸時光。

從韓國回來後，心臟裡遺留了一把刀的刀尖，傷得她痛不欲生，雖然死神陪伴在她身邊，但祂加諸在她身上的溫柔也抵不過寒冷的房間，與祂殺死她同學的怨懟。

就因為她沒有事先告知祂去韓國的事，祂就干預了命運，殺掉一車五個無辜的人，包括她好不容易才算交心的朋友，也是少數知道她「不死」秘密的人。

那是死神的警告，可能是警告她以後不許不告而別，也可能是警告她不該把自己的秘密宣揚出去。

其實祂最想要表達的是：不許違逆祂。

除非她沒有在意的人事物，除非她如寒冰沒有感情，對生命毫無珍惜之意，否則她照樣可以為所欲為，然後看著身邊的人一個接一個死去。

在等待康復期間，死神也曾用溫柔的嗓音告訴她，如果她再讓祂不快，下一次會讓她親眼看著在意的人慘死。

這讓她體會到，不從祂身邊逃開是不行的！

更讓她了解到，她不能再這樣消極下去，她得積極的去找尋逃脫的辦法，避免身邊的人死亡，而且不再與祂硬碰硬。

所以她做了很虛偽的事，她假裝順從、假裝在意祂，開始願意聊天、談話，像傾吐心事般告訴死神關於在韓國經歷的一切，說到可怕之處還會刻意落幾滴恐懼的眼淚——當然，這個故事中沒有某個人的存在。

那個她一心想隱藏、想保護，絕對不能讓死神知道的男人，賀濡焱。

這樣的互動模式讓情況變好，死神果然很喜歡她的良好態度，甚至她跟祂提到休學時，祂也沒什麼反應……直到提出旅遊的想法時，祂的臉色才明顯一沉，當時房內還結了霜。

她說既然自己遲早是祂的人，那就不浪費時間念書了，想出國遊歷，想把握時間感受人間的一切。祂是反對的，但沒有過往的激烈，她非常軟弱的告訴祂，如果祂不答應，她就不會貿然前往。

然後她開始食不下嚥，沒精打采，恍神發呆，不時還會對著窗外嘆氣。

最終，祂妥協了。

她可以出國玩，但絕對不能單獨！因為在祂伸手不可及的範圍，祂不想跟上次一樣，抱回一個心臟裡有刀尖的她。

所以她說要找小雪，祂又說兩個女生不妥，所以她再找了同樣也休學的游智禔，她知道游智禔家裡出了點事，這學期無法安心完成學業，當然出國旅遊更是不可能。

不過因為她要去，所以死神在她戶頭裡匯進了大筆金錢，她可以大方的請朋友出去玩。

某方面而言，在死神心情好時，祂對她真的不薄，但是那種殘虐與控制欲，不是每個女人都能接受的。

遺憾的是她不是被虐狂，也不是那種被家暴打到半死還是爬回去找那個施暴男人的類型，她不願意終生被控制、被威脅，甚至還要將生命交給一個自己根本不曾愛過、也不可能愛上的非人類！

光是祂在身邊的這十幾年，她就已經天天生活在寒冬之中了，她完全不敢想像被祂帶走之後……會去哪裡？那會是個什麼地方？是比零下更寒冷、比地獄更殘酷之處嗎？

她要盡己所能的擊敗祂，讓祂永遠不會再出現！

不過……決心是立下了，但是要怎麼做，她完全不知道，毫無頭緒。

「小姐！漂亮的小姐！」

快到紅場時，外圍有一大堆的攤販，攤子上擺了一堆紀念品，一字排開的，絕對有五顏六色的俄羅斯娃娃。

「哇！」小雪已經蹲在攤子前東挑西揀了，「惜風！來看！」

「喂，我們還沒開始逛耶！」游智禔沒好氣的說著，女生就是這樣，動不動就要買東西。

「好特別……」惜風湊近一瞧，也跟著蹲下來看。

「妳喜歡啊？」游智禔態度一百八十度大轉變，惹來小雪陣陣白眼。「我覺得妳穿這種傳統服飾也會很好看耶！」

惜風仔細望著全都不一樣的俄羅斯娃娃，從顏色、外貌、服裝上的細節都不同，小販用英語解釋著，俄羅斯娃娃是他們的獨特紀念品，又名許願娃娃，裡面有很多個長得一樣、但大小不一的空心木娃娃，如此才能一個套一個，最多可達十多個，通常為圓柱形，底部平坦可以直立。

許願時，要把每個娃娃都轉開，一直到最裡頭最小最小的那個，對著最小的娃娃並向它許願——許完後要警告它，如果願望沒有實現，小娃娃就永遠不能重見天日，接著要用實際行動表示，把娃娃一個個套回去，把最小的那個封住。

如此一來，最小的娃娃為了想再出來舒口氣，就會協助許願人實現願望，實現願望後，一般人會把娃娃們一個個拿起來，一字排開，讓每一尊都可以面對世界。

「所以……說穿了，這是威脅？」小雪皺起眉，「不是祈禱或神仙教母那樣耶，是威脅娃娃不幫我實現願望，我就關你一輩子！」

「被妳這麼一說很沒fu耶！」游智禔忍不住皺了眉。

「本來就是啊，一點都不浪漫！」

惜風忍不住心頭一顫，不聽話就關她一輩子……她凝視著地上一大片的俄羅斯娃娃，她就像它們一樣嗎？但是沒有人會要她實現願望啊，所以她連自由的機會都沒有。

「我想買一個。」惜風忽然開口，雙眼開始梭巡，琳瑯滿目，她該選哪個呢？

小雪也開始問價錢，五百、七百盧布的都有，換算成台幣也差不多這個價錢，沒想到一個娃娃就要這麼貴，簡直嚇死人。小雪試著砍價未果，只能讓她殺一點點，而且小販還很屌，一副不成就不賣的臉。

『選我！』

忽然有個聲音響起，惜風狐疑的皺著眉，往聲音的方向看去，在小販的車子裡，有個木製的立體盒子，外頭用繩子綑著，她望過去時，似乎看見盒子在晃動。

「那個……」她下意識的指向那個木盒。

這一指，小販的臉色丕變，蒼白著臉望向惜風，但動作卻一點都不含糊的趕緊走到車子旁，指了指那個盒子。

惜風肯定的點頭，對方小心翼翼的捧過盒子，蹲下身，在地上仔細的把繩子解開。小雪他們都很好奇，是什麼東西跟寶貝一樣？

繩子鬆開後，小販戰戰兢兢的把蓋子往上拿起，裡頭什麼驚奇都沒有，不過也就是一只俄羅斯娃娃。

只是這只俄羅斯娃娃相當精緻，和其他的不太一樣，惜風的雙眼頓時亮了起來，她試探的問能不能拿起來看看，小販點頭點得很快。

有別於一般俄羅斯娃娃畫的都是純樸活潑的少女臉蛋，這娃娃看起來較為豔麗，且連頭髮上都有裝飾，衣服也是傳統高級服裝，紅色的衣服上有著許多華麗的彩色花繪，捲捲的金髮，真的比攤子上其他的娃娃都美多了。

「這個多少？」惜風愛不釋手，反正死神給了她一大筆錢，買東西不是問題。

「哇，惜風！這一定很貴好不好！」小雪咋舌，「我手上這個普級版的都要七百了！」

「他搞不好都亂開價，那個還收藏起來，會不會是天價啊！」游智禔訝異的望著惜風手裡的那只，「妳怎麼知道那木盒裡是俄羅斯娃娃？」

惜風怔住了，也不解的聳了聳肩。「我感覺它在叫我。」

「哇喔！」小雪瞪大了眼睛，厚，這種話聽起來很嚇人耶！

游智禔還噗哧一笑，小雪卻超級不安，在日本經歷了重大事件，她現在什麼都信，這次出國前還求了一堆平安符，就是怕又再遇到鬼，太可怕了！

結果，小販蹲在惜風面前，認真的比了一個二。

「兩千？搶劫啊！」小雪還是忍不住喊了出來，「這個俄羅斯娃娃要兩千多？」

「妳還是快點放回去好了，這是黑店！」游智禔覺得開出這種價錢實在太誇張了。

惜風卻把娃娃交給小販，跟他說聲等一下，便開始從皮包裡翻出錢。這讓同伴們詫異極了，兩千盧布的東西怎麼好買啊！

只見惜風從容的從皮夾裡拿出一疊鈔票，她其實還沒搞懂到底哪種鈔票是多少面額……喔！找到！她把兩千元盧布遞上，結果小販搖頭搖得可急了！

他慌張的指指鈔票的另一邊，惜風狐疑的瞥了眼。「兩百？」

「兩百盧布！」小雪立即跳了起來，把手上的俄羅斯娃娃伸向小販。「我也要兩百！」

小販皺起眉望了她一眼，還面有難色的嘆口氣。「五百。」

「她那個兩百，我的要五百！這太誇張了，明明她那個比較漂亮啊！」小雪英語流利的啪啦啪啦，開始進行殺價大戰。

惜風默默的遞上兩百盧布，小販好整以暇的再把盒子蓋好，繩子綁妥，用一種感激涕零的眼神望著她；另一邊的小雪堅持也要用兩百盧布買自己手上的這只，小販面對她時態度完全不一樣，簡直就是一臉「不買請閃人」的模樣。

「好怪喔，妳那個只要兩百？」游智禔完全不可思議，「他明明藏在車子裡、還綁起來，娃娃又做得這麼精細……」

「說不定是我們中國人所謂的……只賣有緣人？」惜風只能這樣解釋，因為小販還特地把俄羅斯娃娃用木盒子裝起來，似乎一點都不打算展示的模樣，擺明了不是想販賣。

小雪仍跟小販僵持不下，他們兩個都快變成觀光景點了，還有外國觀光客衝著小雪拍照，偏偏她還有空回頭比個勝利姿勢，露出陽光笑容，拍完繼續殺。

「三百！我的底限了！」她握拳瞪著小販，真搞不懂到底誰是老闆，還底限咧！

惜風悄悄上前，站在小雪身後，雙手合十拜託老闆，既然這個都能賣她兩百了，小雪手上那個真的沒有很多彩繪……老闆一看到惜風，又是一僵，最後對小雪比出了OK的手勢！

「耶！三百耶！三百！」

小雪樂翻了，捧著那個俄羅斯娃娃雀躍不已，再次成為路人的焦點，游智禔只覺得丟臉死了，為什麼這個叫小雪的情緒總要這麼明顯的表現出來啊！

「話說回來，惜風，妳不覺得妳的那個很怪嗎？」小雪忽然斂起笑容，看向惜風。

「我總覺得那個老闆一臉恐懼的樣子。」

「他是怕了妳了。」游智禔喃喃說著。

「閉嘴啦你！」小雪狠瞪他一眼，「我說的是真的，妳看他打開木盒子時，手都在發抖呢！」

「說不定那是個寶物，還是特別的俄羅斯娃娃，所以老闆才會那麼恭敬。」游智禔這樣解釋。

「特別嗎？」惜風已經把娃娃放進背包裡了，「反正物超所值，我很喜歡，這樣就夠了。」

她，想許個願。

對著最小的娃娃許願，希望可以幫助她，脫離死神的威脅與掌控。

買完東西，他們正式走進紅場，紅場是莫斯科最著名的地標，這裡有列寧墓、聖瓦西里大教堂、克里姆林宮、十五世紀至今的奢華吉姆百貨公司、國家歷史博物館、復活門及無名英雄墓等，全都是特別景點。

最令人駐足的自然是五彩斑斕的聖瓦西里及耶穌復活大教堂，洋蔥式的屋頂，不管從哪個角度看都非常美麗又極具藝術性，也是俄羅斯的代表建築之一。惜風不愛拍人物照，她的相機只顧著拍攝景色，小雪跟游智禔兩個人互拍後，跟一群觀光客聊了起來，也順便幫他們拍照。

「到哪裡都要排隊耶！」游智禔拿著導覽，他已經興奮起來了。「我們先去列寧墓好了！」

因為列寧墓開放時間只有三個小時，現在剛好是十一點半，不趁這時候去，下午一點就關了。

「你們去吧，我想四處晃晃。」她不是對列寧有意見，而是盡可能避免跟死亡有關的事情。

更別說裡頭莊嚴肅穆，陰暗是必然的，她這次出遊，死神勢必有跟這邊的死神聯絡，她不想出國散心還看見一樣的傢伙。

游智禔自然覺得很奇怪，難得來一趟，而且又是惜風主動邀約，但她卻一臉興趣缺缺的模樣。

「我不是在這裡，就是在室內。」他們每人都帶一支 PHS 手機，在國外的好處是可以當無線電使用。「我們就約兩個小時後在教堂前見好了，到時再無線電聯絡嘍。」

游智禔很不安，他覺得不應該扔下惜風一個人，小雪也勸她一起走，畢竟一個女生不安全。

「永遠別擔心我。」她勾起微笑，「我有東西守護著！」

咦？小雪登時睜圓了眼，在日本時重傷的惜風……最後的確安然無恙。

「好……那還是小心喔！」小雪點了點頭，她其實很能理解。「萬一遇到帥哥，記得多留一個給我！」

「妳還在看偶像劇啊……」惜風無奈笑笑。

「妳覺得我這樣像不像小三？」小雪圓睜一雙大眼，她是剪了顆小三頭。

「喂！」游智禔皺起眉，心裡還在掙扎，這兩個女生在聊什麼！

「好了啦，我們走了，不然排兩小時都排不進去！」小雪二話不說，一把拽過游智禔，直直衝向隊伍尾端。

游智禔連話都還沒來得及說出口，咻的就被拖走了。

惜風望著他們離去的背影，忍不住輕笑，開始覺得小雪的吵還挺不錯的。她一個人閒逛，紅場上觀光客極多，到處都是人、到處都要排隊，所以她只顧著拍建築物，也不想去排隊入場什麼的。

來到無名英雄墓前，那是片方地，中間有個橫向的大石碑，像是墓碑一般，兩端還有衛兵站崗，墓碑前方燃燒著永不熄滅的火焰。周圍也有許多人獻花，獻給在二戰中為國捐軀的年輕人。

墓上的碑文寫著「你的名字無人知曉，你的功勛永垂不朽」。

列寧墓那還沒有衛兵站崗，無名英雄墓卻有，這讓人感動，因為沒有這些無名英雄，或許就沒有現在的生活。

惜風看著中間竄燒的火燄，永遠不滅，代表的是他們的精神。

只是當她走到前方時，火燄突然激烈的竄動，明明沒有什麼風……惜風望向天空，風沒有大到這個地步啊！

剎！下一秒，象徵永不滅的火竟然熄了！

惜風倒抽一口氣，現場遊客也驚呼出聲，站崗的士兵們立刻動作，但是他們也一臉狐疑，為什麼火會熄？

為什麼？惜風悄然的退出圍觀人群，總不會跟她有關係吧？

極陰是死神，不該是她！

她不安的深吸了一口氣，決定暫時放棄所有具有死亡意義的景點，前往雪白寬敞的百貨公司，那像個雪白的宮殿，三層樓建築，走進一樓就可以看見高達三層樓的採光屋頂，長約四百公尺，將陽光全納了進來，照亮室內。

惜風走在裡面，一點都沒有在逛百貨公司的感覺，她好像在一個宮殿或是行館裡散步，每一間店、每個雕刻，就連噴水池都令人流連忘返。

她喜愛幾乎透明的天花板，有點像《哈利波特》裡的餐廳，但是更透明、更寬廣，尤其是當自己置身其中時……嗯？惜風看見了咖啡館，她決意找個位子坐下，好好的在這裡休息。

才走兩步，突然有人包圍住她。

她錯愕的蹙眉，一群陌生的光頭男人對她說著聽不懂的語言，甚至一邊指著她，像在挑釁叫囂似的，聲音不大，後頭還有人把她往前推，像是要逼她去什麼地方。

「嘿！」一個女生突然闖了進來，二話不說牽起她的手，轉過去對那群光頭男用俄語劈哩啪啦的說了一大堆。

那群男生指著她皺眉，感覺很像是在對罵，沒多久咖啡廳裡像是保鑣的男人走了出來，那群男人便一哄而散。

是的，俄羅斯這邊的咖啡廳，的確是正妹搭上保鑣，雖然她一點都不明白，為什麼咖啡廳會需要保鑣？不過看著三個光頭男逐漸遠去的背影，她好像突然能夠理解了。

「妳還好嗎？」那個女生轉過來，用流利的英語問她。

「我很好，謝謝妳！」惜風看著那女生，白皙近乎透明的肌膚，秀麗甜美的臉龐，冰藍色的雙眸上是淺棕色的眉毛，美得讓人讚嘆。

她知道俄羅斯女生幾乎都很美，但真的沒看過皮膚白皙到這個地步，又如此美麗的。

「妳小心點，一個人有點危險。」女孩笑著說完，回首望著咖啡廳。「我要去工作了。」

「嘿，我要喝咖啡。」惜風趕忙叫住她。

「噢，歡迎！」她笑開了顏，那是連身為女生的惜風都會讚嘆的美貌。

也難怪她感受到有一堆視線投向這裡，應該都是衝著那美女來的。

高䠷的身材、美麗的容貌，白金色的長髮挽起來，更突顯那深刻迷人的輪廓。

她為惜風清出一個咖啡廳外的空位，送上水跟菜單。

「剛剛真的很謝謝妳……那些人是想要搶劫嗎？」惜風趁機問她，她不懂那群男人的用意何在？

「噢，不是，他們是歧視分子，對東方人很有意見。」女孩有點尷尬，「他們太過激烈時，有時會在夜晚槍殺、攻擊非白種人。」

「哇喔！」意思是說晚上不宜出門就對了。惜風挑了挑眉，點了杯咖啡跟蛋糕，瞥見女孩胸口的名牌。「絲妮克？」

「咦？是的，我叫絲妮克。」她接過菜單，大方的自我介紹。

絲妮克一邊寫著點菜單，眼尾卻瞄著惜風後方的某個位置，這讓她狐疑的往左方回首望去，剛好看見一個男人尷尬的低下頭。

噢——她跟著尷尬的笑了起來，絲妮克紅了臉，跟惜風眨眨眼示意她保密，便匆匆忙忙的離開去忙了。

看來那個男的不是她的男朋友，就是互有好感的對象。

她淺淺笑著，再回頭偷看一眼，那男生看起來既性格又成熟，雖然有落腮鬍，但是紅棕色的鬍子讓他看起來更性感。

男人知道她在看他，靦腆但是不吝嗇的朝她笑了笑，還拿咖啡杯當酒敬了一下。

惜風頷首，是不該再亂看了，所以她轉回頭——咦？又立刻回過頭去！

在棕鬍男人的身後，坐了另外一個人，他背對著她，正在講電話，但是黑色的頭髮、那熟悉的背影……惜風忍不住站起身，緩緩走向那人的位置。

不會吧？她沒有跟他提過要來俄羅斯的事！

「我知道，等我這邊的事情處理完後，我還想多待幾天……」男子用標準的中文講電話，眼尾瞄到站在一旁卡位的人，不悅的皺起眉。

然而當他抬眼一看，瞬間，他瞪大了眼睛。

賀濡焱！

第二章 麻煩

「妳跟蹤我？」樣貌俊秀的男人瞪大眼睛，不可思議的望著她。

「喂！」惜風皺起眉心，「你會不會自我感覺太過良好啊！」

「小姐，這裡是俄羅斯，不是台灣耶！」光是要在台灣遇到的機率就已經微乎其微了。

「唉，我怎麼知道！」她轉了轉眼珠子，跟賀濡焱的緣分未免太強大了吧！別說出國相遇了，紅場這麼大，要不是她剛好選擇這間咖啡廳，根本不可能遇到他啊！

「等等……妳為什麼在這裡？」賀濡焱立刻上下打量她一圈，「妳又被誰詛咒了？」

惜風癟了嘴、翻了個白眼後就要回去自己的位子，有夠沒禮貌的！

剛好絲妮克端著她點的蛋糕走出來，望見空著的座位有點狐疑。

「坐吧！」他握住她的手，笑著說。

「哼！」惜風努了努嘴，對著絲妮克招手。「嘿！這裡！」

絲妮克錯愕的看向聲源，再笑吟吟的把蛋糕端過去，惜風簡單的解釋剛好遇到熟人，所以決定坐在一起。

「還真剛好！」賀濡焱還是忍不住笑，橫豎覺得這巧合太誇張。

「我才覺得怪！」她狐疑的望著他，「你該不會從哪裡知道我在——小雪！你跟她還有聯繫嗎？」

「有，但她沒有提到妳來俄羅斯的事。」賀濡焱頓了一頓，「等等，三月初，學校不是開學了？」

「我休學了。」惜風簡單的把她做的決定說一遍，賀濡焱只是聽著，卻打趣的望著她。

其實她能有這樣的勇氣非常值得讚賞，但是要怎麼做？這是連他都不知道的領域，這位范小姐倒是有點天真。

「妳這次怎麼能出來？」他狐疑的問，「我知道尹敏兒跟郭佳欣她們都已經死於非命了。」

惜風臉色一沉，真是哪壺不開提哪壺。

「我在車上聽見新聞，我那時就有不好的預感，應該是死神的警告對吧？」其實他們是一起抵台的，只是他跟惜風下飛機後就分道揚鑣，完全沒有交談。

畢竟一旦過了海關，就是那位死神的範圍了，所以他們從不多有聯繫。

「都是我害的。」惜風嘆了一口氣，「我應該先跟她們講清楚……」

「命該如此，不必強求。」賀灝焱說得都很泰然，「然後呢？也才一個月，祂怎麼這麼好心的讓妳出來？」

惜風定定的看著賀灝焱，眼神流露出一股無奈。「我就……示好。」

「……」他先是一怔，旋即瞭然於胸。「哦~正式的用男女朋友的方式相處。」

惜風緊抿著唇，賀灝焱的形容聽起來真糟糕，但是她卻無法否認，她分享生活上的瑣事與喜怒哀樂，死神當聽眾，的確是有那麼一點像。

「反正這次出來是祂點頭的，讓我在有生之年能遊歷各國。」她眼神一瞟，絲妮克又端著咖啡走過來，賀灝焱也就沒接話。

咖啡擺上桌，論香味是不錯，但有沒有七百五十盧布的價值則因人而異，絲妮克愉悅的笑著，另一手拿著水壺，轉過身一桌桌斟水，刻意在鬍子男那桌停留得比較久。

看她嬌羞的模樣，真是可愛透了。

「怎麼選俄羅斯，妳覺得跟妳的目的會有關係嗎？」他確定絲妮克走遠了才繼續說。

「祂說最近會有很多天災，所以讓我到這個短時間內不會出事的地方。」她聳了聳肩，雖然地點不是自己選的，但是她不介意。「你呢？」

「交流研習會。」賀灝焱說出非常官方的名稱，見惜風不解的蹙起眉，接著解釋道：

「就是靈能者互相交流各地的咒術與使用法。」

「哦～」這還能有交流會啊！

「順便幫忙追查一件物品的下落。」他無奈極了，到這邊才被告知，有種誤上賊船的感覺。

「啊？你又不是警察或偵探。」

「但是那是個邪惡物品，我們才找得到，搞得現在像各國靈能者在競爭誰比較強一樣。」他嘖了聲，但還是悠哉悠哉的喝他的咖啡。

「可是我看你很悠閒嘛！」一點都沒有競爭的感覺。

「急什麼，反正也沒那麼容易找到，那個物品之所以麻煩，就在於它很會隱藏行蹤。」他頓了一頓，「不跟妳談工作的事，妳先吃吧！」

他說著，便仰頭看向挑高的透明屋頂，光這樣看著就如此心曠神怡，他可以在這個地方待上一整個下午，就為了享受這種靜謐。

瞥了一眼對面的惜風，她也正享受著這些建築風光，真沒想到竟然會在俄羅斯相遇，總覺得冥冥之中有什麼力量把他們牽引在一起。

他並不會覺得有多幸運，因為她有個正牌男友是死神，基本上他只有一條命，跟死神門並不會有好下場。

望著惜風的側臉，他輕輕笑著。

但是，他其實想要鬥鬥看，甚至已經暗中在進行某些計畫了。

「沙……沙……」突然一陣沙沙聲從惜風斜後方傳來，一路移動，她端著咖啡的動作頓時僵住，一直忍著不想轉頭，但還是幽幽的側首。

一旁是熙來攘往的人潮，但是有著落石音不停的「沙……沙……」，她緩緩放下咖啡，是誰？一定是剛剛經過她附近的某個人。她望著有男有女、各式各樣人種的人群，聽著聲音越來越遠。

「惜風？」賀濚焱注意到她蹙起眉心，一臉坐立難安。

「你、你在這邊不要跑！」她倏地起身，伸手擦掉右眼眼線，誰——到底是哪個人掉落了這麼龐大的死意？

這不擦還好，一擦她就看到一堆死相，真沒想到在這裡擦身而過的人，竟然有為數不少會在二十四小時內死亡。

不，那個人死意最龐大！惜風不停的喊借過，穿過人群往前追，腳下踩著一堆像石礫的東西，她低首望著顆粒超大的結晶，這個人的死意不同凡響，他絕對不是自殺，而是——

喝！惜風因為分心撞上了前面的人，重心不穩直接跌倒，引起附近一陣騷動，旁邊的人見狀，立刻好心的上前扶起她。

惜風趕緊道歉，只是尚未抬首，她就知道自己撞到誰了。

晶瑩剔透，視線所及的下半身全是「死意」，他是被極為強烈的怨恨攻擊而死的，所以才會有這麼大顆的死意結晶石！

她撞到的是個男人，他並沒有問她怎麼了，而是講了一堆她聽不懂的俄文，而且態度絕對稱不上友善；她抬起頭，看著比她高了快兩個頭的男人，正面目全非的對著她咆哮，她根本無法看清楚這個男人的面貌，因為他的臉——根本像是空的！

他的臉上有好幾個窟窿，鼻子、眼睛等五官都不見了，就連下巴也被打爛，而且抬頭仰望的惜風還可以透過他臉上的窟窿，看見後頭的採光天花板。

她皺起眉，趕緊閉上右眼，至少看一眼這男人的真實面貌——此時，那男人竟然使勁推了她一下！

「哇——」現場女性叫得比惜風還大聲，她整個人往後踉蹌，甚至跌坐在地。

嘶——好痛！她舉起自己撐住地板的手掌，上頭都是死意。

現場你一言我一語的開始爭執，有的指著那個男人罵、有的人趕緊要扶惜風起身，她閉上右眼望著男人，男人身材魁梧、外表粗獷，光頭加上落腮鬍，此時正橫眉豎目的瞪著她。

「你幹什麼？」尖細的嗓音又出現了，絲妮克擠了進來，隻手扠腰的跟對方理論，立刻引起更大的騷動，百貨裡的警衛上前關心，男人見狀況不對，擺擺手一臉氣憤的離開。

惜風當然沒有馬上站起來，她拿出包包裡的「死意收集盒」，開始一顆一顆的撿起結晶超大的死意。她透著光欣賞般的望著如黑曜石閃爍的死意，真的太威了，看來不只一個人想殺剛剛那個男人，而是挾怨報復！

這麼大又方的死意，是「謀殺」的死意。

「妳還好吧？趕快起來！」絲妮克好心的想把她扶起來。

「不，我沒關係。」惜風低下頭，不想在眼線未補上之前瞧見任何人。

她是死神的女人，擁有看得見人死相的能力，只要露出死相，那個人在二十四小時內就會死亡！

她不想看見認識的人、或是熟悉之人死亡的樣子，那會讓她很難受。

「妳在撿什麼？」絲妮克不解的問：「為什麼會有這些東西？」

惜風避開完全不看她，將死意收集妥當後，便急著想知道女廁在哪裡。

「喵——」

伴隨著鈴鐺聲，有隻貓突然掠過惜風的腳邊，牠優雅得如同公主，低下頭，竟開始舔食一地的死意！

惜風簡直看傻了，因為這隻貓不但看得見死意，甚至還在吃它？

這隻貓姿態優雅，而且隨著光線的不同，可以看見牠身上散發著像貂皮一樣的銀灰色光澤，如絨布一般閃閃發亮。

「咦？」絲妮克驚愕出聲，伸手想去摸那隻貓。

「喵！」怎知貓突然弓起背，忿怒的就要咬絲妮克的手，禁止她的觸摸。

惜風不解的把盒子鎖好，好整以暇的放進背包裡，不料那隻貓忽然撲向前，像是要衝進包包裡一樣。

「欸！」惜風趕緊把拉鍊拉上，那隻貓竟發怒的豎直尾巴。「絲妮克，洗手間在哪裡？」她狼狽的遮著右眼，窘促的問著。

「斜對面就是了……」絲妮克回答的同時，目光始終停留在那隻瞪著惜風的貓上。

惜風左顧右盼，一看見女廁的標誌就急著衝進去，遠遠的賀灝焱把一切都看在眼裡，確定她沒事就好，想來她讓他待著，是為了撿死意，所以他也就不貿然過去。

好不容易衝進女廁，她的慌張讓裡頭的人有點狐疑，她尷尬的朝她們頷了首，趕緊跑到化妝鏡區，翻出化妝包，一心只想快點把眼線補上。

先將卡位的小東西拿出來，木盒、還有傘，然後仔仔細細的把右邊眼線補上。

「喀噠喀噠喀噠……」靠牆的木盒竟突然發出聲響，惜風蹙起眉心，眼尾瞟了盒子一眼。

結果並不是她的錯覺，整個木盒都在晃動，發出喀噠喀噠的聲響！

她瞪圓了眼，這、這是電動的嗎？她有些遲疑，到底哪裡出了問題？小販剛剛怎麼沒跟她說清楚？

此時廁所門被推開，有人走了進來，木盒頓時停止晃動。

一票女生進來上廁所，惜風抓緊有人的時間，動手拆開繩子，打開木盒，拿出裡面那美麗的俄羅斯娃娃。

外表看起來沒有什麼異樣，她仔細檢查了一遍，並沒有像可以放電池的地方，拿起來搖了搖，還能聽見裡面其他尊娃娃晃動的聲音。

沒有異狀啊！她狐疑不已，扭開一個檢查，裡面也只是另一個小一點的俄羅斯娃娃罷了。

那娃娃剛剛怎麼會動？難道是因為……她沉吟著，靜靜的站在那裡，身後的女人們來來去去，她一個人望著眼前的一大面立鏡，從鏡中看到一個美麗的中南美州裔女人湊過來補口紅，她們相視笑了一下，那女人還誇讚她的俄羅斯娃娃很漂亮。

等那女人步出廁所，惜風深吸了一口氣，決定打開第三隻眼。

那是死神特別「送」她的禮物，讓她可以瞧見魍魎鬼魅，因為死神在身旁，她的陰氣天生就比別人重，容易招惹一些孤魂野鬼，看得見，是讓她能夠自保。

木盒不會無緣無故震動，這裡頭勢必有什麼文章。

闔上雙眼，她必須賭一賭——

「哇，真特別的俄羅斯娃娃！」冷不防的，她的身後出現絲妮克的聲音。

她嚇得睜開眼，發現絲妮克已經拿起娃娃端詳，又把娃娃一個個拿出來，還一直問她在哪裡買到這麼精緻的娃娃。

在哪裡……惜風說不出話來，因為她此時望著的是由右往左延伸的這一大片鏡子——以及裡頭映著的一票人！

清一色全部都是女人，她們血流滿面的在鏡子的那一端，有的人毀容了、有的人頸子只剩下皮膚與身體相連，有的十指指甲被剝除發黑、牙齒被打掉，還有的人頭髮上全是鮮血，一張嘴喊叫，立刻湧出大口大口的血！

每一個女人都發狂似的敲著玻璃，衝著她大喊著她聽不懂的話語。

「……」惜風喃喃重複著，「絲妮克，妳聽得懂嗎？」

「咦？」絲妮克顯得很困惑，「放我出來的意思，妳怎麼突然問這個？」

惜風僵硬的擠出笑容，假裝沒事的搖了搖頭。放她們出來？怎麼可能！

只見鏡面震盪不已，女鬼們歇斯底里的拚命敲著，血紅的雙眼瞪著她，俄語此起彼落，可她一個字也聽不懂。

「妳買這個是要許願嗎？」聽到絲妮克這麼問，惜風才又回過神來。

「嗯……不知道，紀念吧！」她的重點已經不在許願了，這群女鬼是附在俄羅斯娃娃身上的嗎？可是望著娃娃，她又感受不到什麼。

難怪小販只賣她兩百盧布，早知會這樣，送她她都不要！

百思不得其解，她很想去叫賀濂焱進來，但這裡是女生廁所……換個地方再試好了！

似的。

她決意先把俄羅斯娃娃收起來，便趕緊跟絲妮克說，誰叫她捧著那娃娃，愛不釋手

「這個娃娃有力量，可以許願的。」絲妮克說得很天真，幫忙她把俄羅斯娃娃一個個套回去。「許好之後再把它們關起來，這樣最裡面的那個娃娃為了要重見天日，一定會幫妳完成願望。」

「我知道，就像是許願娃……」惜風邊說，一邊注意當絲妮克在收拾時，從最左邊開始，女人慘叫著消失，像是被吸走一樣，然後是第二個、第三個，直到最後一個——

絲妮克好整以暇的把娃娃全數收好，一共有九層，剛剛那些女人有幾個？七個？八個？但絕對不到九個。

望著鏡裡的自己，惜風低咒，拜託她不要是第九個！

絲妮克正幫她把俄羅斯娃娃放進盒子裡，她搖了搖頭，直接把娃娃抓起來往背包裡塞，將木盒捧起，拉出旁邊一個小袋子扔進去。

「怎麼了？」絲妮克疑惑的望著她，「我是進來看看妳有沒有事，妳剛才好像很緊張的樣子。」

惜風試圖平心靜氣，搖了搖頭。「我沒事了，謝謝妳。」

「妳剛撞到的人也是這邊很可怕的光頭黨，我很想說不是每個俄羅斯人都這樣，可是一旦遇到了就很倒楣。」事實上，每年被殺的留學生不少，純粹因為他們不是白種人。

「妳是自助對吧？妳在俄羅斯，要注意的就是警察跟光頭黨。」

「我知道了，晚上我盡量不出門就是了。」她原本以為來觀光區會比較好，結果差不了多少，而且連警察都要防，真的很糟糕。

「妳住在哪裡呢？」絲妮克陪她一同走出洗手間，惜風忍不住又回眸看了一眼，鏡子裡已經沒有任何人了。

「就附近的飯店。」惜風隨口報了名字，絲妮克果然是當地人，熟悉得很。

她拿出一張名片遞給惜風，「我知道莫斯科有很多好玩有趣的地方，想去的話可以找我。」

「嚮導？」原來絲妮克私下做這種生意，難怪會這麼熱情。

「是啊，我可以帶你們去玩喔！只要提早跟我說，我可以排假。」她睜亮一雙藍色的眼睛，清靈動人。

惜風微笑著把名片收起來，她現在沒什麼心情玩，心裡一直很介意包包裡的俄羅斯娃娃。

走出女廁，惜風立刻疾步朝賀濂焱的位置走去，只是還沒走到，就突然看見他手裡抱著一隻貓。

喝！那隻食用死意的貓！

絲妮克愉悅的進入咖啡廳裡工作，惜風就僵在半路，過了一會兒才慢條斯理的接近。那隻貓的一雙綠色杏眼朝她瞟了過來，不，根本就是死盯著她。

「怎麼……有那隻貓？」她話說得戰戰兢兢。

「剛黏過來的。」賀濂焱抬頭看了她一眼，立刻皺眉。「發生什麼事了？妳的臉色好難看。」

惜風坐了下來，先是左顧右盼，又做了一個深呼吸，把背包擱在膝上，才準備打開，賀濂焱懷裡那隻銀灰色的貓立刻又變得張牙舞爪。

「做什麼！」賀濂焱扣住了那隻貓，狐疑的看著背包。「妳裡面放了什麼東西？」

「我先聲明，我絕對不喜歡被詛咒！」惜風咬牙切齒的說著，接著拉開拉鍊，把那只俄羅斯娃娃砰的一聲放在桌上。

手掌下的貓不停叫著，意圖攻擊，賀濂焱瞪大眼望著那只紅色的俄羅斯娃娃，同時盡可能的安撫懷裡的小貓。

「哪裡來的？」他沉著聲問。

「跟外面小販買的，才花了我兩百盧布！」她緊咬著唇，顯得有點生氣。

「嘖嘖！還說妳不是詛咒大吸鐵，世界各國好手遍尋不著的東西，妳只用兩百盧布就買到了？」賀濡焱挑起笑容，伸手拿過那只俄羅斯娃娃。「噓，別叫，在我手裡不會有事的。」

惜風一聽，心頭涼了半截。「這就是你們在找的特殊物品？」

「我還不確定，只知道那是個俄羅斯娃娃。」賀濡焱仔細端詳，「但是我感覺不到陰氣或邪氣啊……」

「我剛打開它，鏡子裡一整票女人亡魂對著我喊，叫我放她們出來。」惜風描述著剛剛所見，「有七個還是八個人，都已經死了，而且渾身是血。」

「嗯？」賀濡焱皺起眉，「那為什麼我現在什麼都看不見？」

惜風搖搖頭，她怎麼會知道！

身邊掠過一個婀娜的金髮美女，惜風聞到她身上的香水味，像是鳶尾花香，女人走到了穿著米色西裝的棕鬍男人身邊，彎身俯吻，狀似親暱，惜風下意識的看向絲妮克所在的方位，她果然站在外場，神色哀傷的望著男人。

不是男女朋友啊……看來是絲妮克在單戀。

不，現在都什麼時候了，她哪有時間管人家的情事！惜風趕緊回神，想從賀瀰焱這邊得到一點線索，可他卻只是望著那只俄羅斯娃娃不發一語，而懷中那隻貓早就不知道跑到哪裡去了。

惜風也很介意那隻貓，雖說貓是冥府守護者，但是吃死意？這太匪夷所思了！

「看這麼久，要不要打開來瞧瞧？」

「不，未經確認前，我才不會任意打開這種東西。」賀瀰焱一口回絕。

咦？惜風怔愣住，未經確認前……不宜打開嗎？

「我剛剛……」打開了呀！

惜風還沒說完，忽然聽見外頭一陣巨響，像是開槍的聲音，離這裡很近，瞬間尖叫聲此起彼落，有人因此伏低身子，其餘眾人見狀，也跟著這麼做。

賀瀰焱動作飛快的一把拉過她，將她緊緊護在懷裡，一起躲到桌下。

槍聲不斷，總共有三到四聲，威力相當猛烈。

緊接著是一片寂靜，數秒後，尖叫聲在紅場響起，大家也漸漸抬起頭來……紅場！

「小雪跟游智禔！」惜風倒抽了口氣，他們會不會出事了！

「什麼？他們也有來？」賀灝焱顯得十分錯愕，「妳不是一個人？」

「祂怎麼可能讓我一個人來啊！我要先出去找小雪他們——」她急著站起來要往外衝，賀灝焱趕忙拉住她。

「妳什麼時候變得這麼急躁了？妳的冷靜呢？」他把她往後拽，從皮夾裡掏出一疊鈔票擱在桌上。「妳以為這間百貨公司有幾道門？就只有一道，現在大家全都一股腦的往外衝，妳想出去還得排隊。」

賀灝焱拉過她的手，往側門的方向走去，惜風的心跳得很快，不是因為這已經習慣的牽握，而是——她的冷靜呢？

「或許我本來就不是個冷靜的女人。」她幽幽的說：「是因為自我壓抑。」

「同意。」賀灝焱接話倒接得挺順的，「但是我喜歡理智一點的妳。」

惜風微微勾起嘴角，其實賀灝焱不知道，在來到咖啡廳前，她還是那個冷靜冰冷的范惜風。

是因為看見他之後……很多感覺會被挑起。

她拿出手機，開始試著用無線電聯繫游智禔他們，稍早前和他們約好的地方有一大票人圍觀，試了好幾次，無線電那端終於有人接了。

「惜風！小雪她……」游智禔連聲音都在顫抖，「我們只是站在這裡拍照而已，並沒有……」

「你在哪裡？這麼多人，我看不見你啊！」惜風大喊著。

「我們……在被槍殺的人旁邊！」游智禔大喊著，讓繞過圍觀群眾的惜風止了步。她往圍觀的中心看去，不會吧、不會吧！

賀濚焱察覺到她的眼神，立刻找過她，直直劈開一條路，直接進入圍觀的中心點。血流成河的地上，不小心就會踏血而行，有個男人趴在地上，身體看不到有什麼外傷及血跡，只怕都傷到頭部。

屍體的下方壓著一個正在掙扎的女生，旁邊還有人叫她不要動，保持原狀。

「什麼？重死了！快拉我出去！」小雪氣急敗壞的大喊著。

惜風認得那個男人。

警方很快的趕到，拍了幾張照後，終於將屍體抬起，把小雪拖了出來。

翻過來的屍體，是一個臉已經被打爛的男人，圍觀人群見狀，連忙掩面驚叫，因為除了光頭當框之外，很難認得出那本來是個人。

被懷抱著強大怨恨的人以霰彈槍射殺的傢伙，就是剛剛她撿拾大顆死意的來源。

小雪臉上全是鮮血，聽說當時正好跟死者面對面，結果不知哪兒來的一槍，從男子的後腦勺射入，從正面開花射出。

若不是小雪真的非常矮，只怕也慘遭池魚之殃。

惜風用力做了好幾個深呼吸，緊緊握住賀瀮焱的手，不知道為什麼，她覺得這一切都不是偶然。

死意、男人、俄羅斯娃娃、鏡子裡的女人，她強烈的直覺告訴她，這其中一定有關聯。

「別緊張。」賀瀮焱用低沉的嗓音在她耳邊說著，緊緊回握她的手。「有我在。」

惜風顫抖的闔上雙眼，握著他的手不自覺加重力道。

他不知道，她怕的，就是有他在。

第三章 俄羅斯娃娃

小雪算是目擊者，被俄羅斯警方帶回警局詢問，惜風跟游智禔自然也跟著一道去，賀潾焱則說要去找人幫忙處理，不希望他們被扣留在警局，基本上他們三個自助旅行者，待在這裡並不會受到太大的禮遇。

就像絲妮克說的，雖然不是每個俄羅斯人都這樣，但是要注意的警方跟光頭黨她都遇上了。

他們要搭地鐵來紅場時，就看見月台上有幾個東方臉孔的男生被鎖在一個矮小的籠子裡，像被關進狗籠一樣，一旁有許多女生抽抽噎噎，警察還兇得要死。

小雪那時忍不住上去問那些女生，結果她們說也不知道為什麼，警察抓了男同學說他們的簽證過期，就直接關了進去，怎麼辯解都無效，還說關個一兩個小時就會放他們出來。

小雪怒斥這些警察真是無法無天，但是誰也沒辦法做什麼。

緊接著惜風在紅場又遇到辱罵她的人，這種環境在在令人感到不安，所以當他們在毫無「大人」陪同的狀況下被困在警局，每個人都覺得渾身不對勁。

小雪被隔離開問話，游智禔也一樣，就剩下惜風一個人在等待，有人倒水還給了她一些小點心，她可以感覺到這裡還是有好人，不過也充滿鄙視的目光。

她不慌，因為賀濡焱在，她什麼都不必慌。

以透氣為由，她起身走到警局外，冷冽的空氣吸進肺裡雖然不舒服，但是可以讓她保持清醒。靠著警局的外牆，她拿出包包裡的俄羅斯娃娃，剛剛混亂中，娃娃莫名其妙又回到她手中，這個娃娃到底有什麼秘密？

她反覆審視，就是找不到任何像是詛咒或是寫有咒語的地方，怎麼看都是個普通的俄羅斯娃娃，裡面也沒藏什麼東西，甚至也找不到血跡，但那群女人是哪裡來的？

啊對了，不知道能不能在這裡試試，到底是那間廁所的問題，還是俄羅斯娃娃的問題？

她用雙手捧著俄羅斯娃娃與之對望，那豔麗笑著的臉龐不變，沒有震動、沒有聲音、觸目所及也看不見死靈，這讓她非常困惑。

越過俄羅斯娃娃，她看到遠遠的有個穿著雪白大衣的女人往這裡走來，再仔細一看，對方穿著白藍相間、還有毛皮鑲邊的皮大衣，頭戴毛帽，看起來貴氣十足——她認得那個女人，是咖啡廳的服務生，絲妮克。

惜風把俄羅斯娃娃順手收進包包裡，望著朝自己走來還愉快揮手的絲妮克，感到萬分不解，而且她還不是隻身前來，身後跟著那個穿米色西裝的男人，以及剛剛看見的金髮正妹。

「嗨！」天氣凍得她唇色更白了，絲妮克三步併作兩步的跑上階梯。「你們果然還在這裡！」

「嗯……妳來這裡做什麼？」這未免也太巧了吧，難不成她剛好也要跑警局？

「噢，這位是華瑞克，他今天也在那邊喝咖啡，妳記得吧？」絲妮克說這句話時，露出點靦腆。「他也有看到妳被光頭黨攻擊，後來知道妳朋友被捲進謀殺案，他就說他可以來幫忙。」

「幫忙？」惜風還是不明白，「我們做完筆錄後就可以走了吧？」

「嗯……有這麼容易就好了！」叫華瑞克的男人上前，「他們很有可能會留你們過夜，除非你們繳出一定金額的錢。」

「繳錢？我們又沒犯法！」惜風睜圓了眼。

「這不是犯不犯法的問題。」華瑞克輕笑出聲，「在這裡很多留學生都吃過虧，妳還沒看過繳不出錢就被關在狗籠裡的留學生吧？警察刁他們只是要討個一兩塊美金，不付，就是用時間跟屈辱去換。」

惜風不悅的緊皺起眉，「很遺憾我看過，這是什麼不成文的規定？」

「我跟警方有點交情，讓我去說說看。」華瑞克笑得很誠懇，「絲妮克的朋友就是我的朋友，而且我也不希望妳對我們國家產生不好的印象。」

惜風原本想婉拒，倒不是因為印象已經不佳了，而是因為賀濂焱應該會幫忙處理這一切的，雖然他現在不知道死到哪裡去了！

但是面對絲妮克的單純熱心，惜風又不知道該怎麼拒絕才好。

「如果他們是要錢的話……」惜風拉住正要走進去的華瑞克，「請跟我說。」

「嗯。」華瑞克點了點頭，手肘一曲，一旁的金髮辣妹旋即勾上。

惜風見他走進去後，便很熱絡的和裡頭的警察打招呼，果然回應聲四起，感覺他是個很吃得開的人，當她回過頭，發現絲妮克就站在外頭望著他的背影，神情帶著迷戀跟落寞。

「所以……那個是他的女朋友？」

「是啊，叫夢妮。」絲妮克面露無奈，「很可笑對吧？暗戀一個已經有女友的人。」

惜風不作批評，感情這種事怎麼能輕易論斷？絲妮克就是喜歡華瑞克，單戀的心很苦，但談不上什麼可笑不可笑。

「謝謝妳這麼幫忙，而且他也願意來……」

「別這麼說，我只是覺得我們很有緣，不過你們也真倒楣！」絲妮克一臉為惜風等人感到可憐的模樣，「華瑞克是個好人，他也是知道你們無故被牽扯進謀殺案，我跟他提起時，他馬上就說要來幫忙，否則你們三個東方人會很慘的！」

「他一直等到現在？」絲妮克一定是等咖啡廳晚上打烊後才離開的呀！

「沒有，他先去辦事情，約好等我下班再一起過來。」絲妮克握住惜風的雙手，「他怕一個人過來妳不認識反而更害怕……這中間有發生什麼事情嗎？」

惜風搖了搖頭，心裡充滿感激。

事實上絲妮克的顧慮是對的，因為他們進警局已經快七個小時了，警察完全沒有放人的跡象，小雪已經在裡面咆哮過很多次了，游智禔也一直想離開，明明他們就是目擊者，怎麼現在彷彿被當成兇嫌一般遭到連續盤問。

惜風走了進去，見到華瑞克和夢妮跟警察們說笑，其中一名警察瞥了她一眼，不客氣的緊盯著她好一會兒，才又轉回頭跟華瑞克他們耳語，惜風討厭那樣的注視，既魯莽又沒禮貌！

夢妮回身走過來，跟惜風要了一萬盧布。

「我如果不給，大家就得耗到天亮對吧？」她不甘願的問。

「一萬是小數目了，這是看在華瑞克的面子上。」夢妮用一種「妳真不知好歹」的表情瞪著她。

惜風無可奈何，也不想再在這裡浪費時間，便再度轉身出去，她不想在裡頭掏錢，因為她身上帶著的現金真的有點多。

「多少？」絲妮克有些緊張。

「一萬。」

「天哪！這麼多……」絲妮克很訝異，「真的真的很令人厭惡！」

說再多也沒有用，他們還被困在這裡，又完全沒有賀濡焱的消息，她也不能太寄望他人。

她把一萬盧布交到夢妮手裡，她頷首後婀娜走了進去，接著根本不到三十秒，兩邊的小房間立刻開門放人了。

惜風急忙走進去，小雪跟游智禔看起來都疲憊不堪，邊走邊咒罵，小雪差點沒有翻桌。

小雪原本穿著的衣服被要求脫掉拿去檢驗，此時她只能穿著像囚衣的服裝。

「都沒事吧？」惜風看著兩個朋友，他們的臉色都很差。

「我真是受夠了！」游智禔忍不住大聲起來，「是怎樣！我們是目擊者還是犯人？妳不知道他們講話有多難聽，還說我是猴子！」

華瑞克突然上前，嚴聲厲語的要游智禔注意他說話的音量。「你們在搞什麼，別忘了你們還在警局！」他低聲警告，「他們可以用任何罪名再把你關進去！」

「這也太無法無天了吧！」小雪簡直是氣急敗壞。

「你們人在異鄉，安分點吧。」夢妮不耐煩的說著，「不是每一次都能這麼幸運好嗎？」

惜風只能嘆口氣，安撫同學的情緒，這叫人在屋簷下，不得不低頭，跟當地警方起衝突只是自找苦吃罷了。

警方交代他們調查結束前不得出境，然後絲妮克就催促他們趕緊離開，此地真是不宜久留。

儘管小雪再怎麼不甘願，游智禔怒火中燒，還是不能夠造次，只得加快腳步離開。事實上，離開後也是個大問題，都已經這麼晚了，這樣走在路上，誰曉得會不會又遇到光頭黨。

而且離開警局後就沒了暖氣，小雪開始打哆嗦，因為她的上衣跟唯一一件外套都被當物證沒收了，身上只穿著單薄的棉布衣，怎麼禁得起凍？

惜風不假思索的把身上的外套脫下來給她。

「這樣妳會冷啦！」小雪連忙推開她，「我們叫計程車的話，應該一下就到旅館了吧，而且車內也會有暖氣。」

「我不怎麼怕冷。」惜風不理會她的推拒，硬是把外套披到她身上。

絲妮克望著惜風，遲疑著要不要把自己的皮外套跟她一塊兒分享。

「我們坐計程車安全嗎？」惜風淡淡開口。

「不保證，但我有開車。」華瑞克正準備褪去自己的大衣，讓女性受凍，可不是紳士的表現。「絲妮克說你們就住在附近，大家擠一下，我可以送你們過去。」

不管是小雪、游智禔還是惜風，都感受到無限暖意，人在異鄉遭逢事故，有人願意伸出援手，真的比什麼都令人感動！

看著華瑞克把外套脫下來，惜風愣了一下。「你不必給我穿，我說真的！」

「沒道理讓淑女受凍。」他體貼的說著，便溫柔的把外套覆在惜風身上。

絲妮克暗暗抽了一口氣，後悔自己剛剛沒有主動先把大衣給小雪穿，喪失了這個機會。

惜風尷尬的道謝，男人的衣服跟女人不一樣，有著濃烈的古龍水味，還摻雜了女人的香味，是夢妮身上的味道嗎？

一行人才剛走下階梯，就看到迎面走來的五個人。

「賀宮主！」小雪對賀濡焱非常有好感，看到他就像看到救世主一樣興奮的高喊。

「噓！」賀濡焱皺起眉，她不知道喊「宮主」會被人誤以為是另一種「公主」嗎？

「怎麼現在才到？」惜風沉下了臉色，都十一點多了！

賀濡焱沒吭聲，他只是環顧在場的每一個人，有陌生臉孔，也有熟悉面孔——以及不該出現在這裡的人。

「妳不是餐廳的服務生嗎？」他問絲妮克，「為什麼妳會在這裡？」

「我擔心他們三個會被欺負，所以……」絲妮克趕緊指向華瑞克，「他認識警察，可以幫助他們！」

「以一個咖啡廳服務生來說，妳會不會熱心過了頭？」賀濡焱完全不客氣，直接質疑絲妮克的動機。

「喂，把那句話收回去！」惜風一個箭步上前，不客氣的瞪向賀濡焱。「你知不知道小雪他們被困在裡面多久？七個小時！要不是絲妮克帶人來，說不定他們還被關在裡頭出不來，你怎麼能這麼說！」

「我是客觀判斷，妳現在是主觀辯護。」賀濔燚倒不以為意，「只是素昧平生，為什麼她會這麼積極的想幫你們？」

「總是有熱心的人，她今天在咖啡廳外已經幫了我兩次了。」惜風惱怒的咬著唇，「第一次我還沒認出你，第二次是我去追死意的時候，現在她幫我第三次，我一點都不覺得有問題！」

他們用中文爭執，絲妮克根本聽不懂，但是剛剛賀濔燚的話的確很傷人，她不禁蹙起眉頭，面露委屈的站在一旁，不知道如何自處。

華瑞克輕聲的安慰她，要她不要太在意，重點是已經幫到惜風就好了。

「賀宮主，我也覺得你話講得太重了，要不是他們，我們真的還被困在裡面。」小雪也忍不住出聲，「她動作還比你快耶！」

游智禔不認識賀濔燚，只不過他現在又餓又累又一肚子火。「拜託不要吵了好嗎？我只想吃點東西，回去睡覺了！」

現場氣氛頓時一僵，惜風跟賀濔燚仍在對峙，接著他雙手一攤，現在討論這些的確毫無意義。

「被殺的人是黑道分子，而且似乎是個重要人物，所以牽扯很廣，俄羅斯警方才會格外慎重，不願輕易放人，即使你們是目擊者，但是也有可能是誘使死者停下腳步的人。」賀灝焱不讓小雪出聲反駁罵人，先引薦身後的三男一女。「他們是台北辦事處的人，我和他們交涉很久，才請動他們過來放人。」

游智禔聽得一愣一愣的，轉了轉眼珠子。「你是說原本就要放我們了嗎？」

「嗯。」

「啊！一萬盧布！」游智禔替惜風心痛。

「出來就好了，我管不了那麼多。」惜風下意識搓了搓手臂，「我們都累了，只想早點回旅館。」

眼前的三男一女分別上前遞過名片，請惜風他們這幾天要多加小心，不能離開俄羅斯，也必須隨時配合調查。

高瘦的男生叫傑德，矮胖的叫艾森，長得像終結者的高大個兒則叫 Ivan，至於黑色短髮的女人叫芬妮，全是台灣人。

他們甚至帶了手機過來，但只有一支，希望惜風能隨身攜帶，有事可以隨時聯絡，接著他們上前跟華瑞克道謝，惜風慎重的替賀灝焱向絲妮克道歉，末了忍不住又白他一眼。

「對不起。」他道歉倒是挺大方的，「我沒有惡意，只是合理懷疑。」

「沒關係，我這麼做是真的有點奇怪。」絲妮克尷尬的笑了起來，「我的個性就是有點多事，不好意思……」

「別道歉，我們都很感謝妳！」小雪還張開雙臂，給了絲妮克一個大大的擁抱，游智禔則靦腆的說了好幾次俄文的謝謝。

然後大家算是各奔東西，賀濔焱有開車，由他載惜風等人回去旅館，台北辦事處的人也同坐一輛車離開，華瑞克則載著美麗的夢妮，最後剩下絲妮克一個人走在寒夜的雪地裡。

她說自己住附近，穿過幾條巷子就可以到家，她是俄國人，不會有什麼種族殘殺問題，便婉拒了華瑞克要載她的好意，她是最早鑽進暗巷裡跟大家說再見的。

回到旅館，原本他們是一人一間房，但惜風叫了客房服務，大家便集中到她房裡，畢竟大家都快餓死了，又經歷了這麼令人緊張害怕的事，聚在一起也有個伴。

游智禔一直看不順眼的是賀濔焱，為什麼他不是只送到樓下，還送上樓，最離譜的是，惜風進了房間，他也跟著走進去，甚至還把房門關上。

「祂還跟我說這裡最安全！」惜風有種身心俱疲的感覺。

「死神的觀點是以死亡論的。」賀濡焱倚著牆望著她，「我也不知道事情會搞到這麼複雜，讓妳一個人在那邊等，很抱歉。」

「你不必跟我道歉，我只是討厭你對絲妮克說的話。」惜風直截了當的說：「你不知道當我看見她出現時，心裡有多溫暖。」

「嗯——」賀濡焱嗯了很長一聲，「我了解，但我就是覺得怪。」

惜風站在梳妝台前，沉靜的望著鏡中的自己。「我明白，因為我也是不會做那種事的人。」

但是自己不會做，不代表別人也不會。

或許可以說她不夠熱心，也可以說她不想多與人接觸，但世界上還是有像絲妮克那樣的女孩，願意出面幫助遇難的人。

「很意外在這樣的國家還有這種人存在。」賀濡焱走近她，就站在她身後，從鏡子凝視她的雙眼。「在這裡，我曾在夜晚遇上想殺我的異族分子，所以我沒辦法敞開心胸。」

「你遇過？」她驚訝的瞠圓了眼。

「嗯，原本只是到酒吧晃晃，走回飯店時卻遇上一大群人想肅清我。」他倒是露出愉悅的笑容，「我讓幾隻鬼陪他們玩玩，他們就嚇得屁滾尿流！」

惜風忍不住笑了起來，「你體內到底有多少隻鬼啊？」

「秘密。」他立即顧左右而言他，「俄羅斯娃娃呢？」

「啊！」惜風趕緊回身，把俄羅斯娃娃從床上的背包裡拿出來。「我要來這邊試試……幫我把門鎖上。」

賀瀮焱輕笑著，外頭兩個同學對他們關在房裡說話已經覺得很匪夷所思了，現在還把門鎖上，這完全給了他們曖昧的遐想空間啊～

他是樂意之至啦！賀瀮焱愉快的走到門旁，喀嚓一聲落了鎖。

咦咦咦！游智禔當下跳了起來，瞪著那扇房門，張大嘴伸手指著——「他們、他們鎖門？」

他是用氣音說的，小雪將雙腳縮上沙發，正在等著大餐，對他的驚訝不置可否。

「嗯，所以？」

「所以？他們鎖門要做什麼？！」

「厚！好害羞喔，鎖門能幹嘛？」小雪說得一臉曖昧，游智禔臉色陣青陣白。「當然是——關你什麼事？惜風跟賀帥哥本來就很好了！」

她剛在回來的路上被賀瀰焱下禁令，不許再叫他宮主。

「本來？很好？」他聽了一點都不好！

「他們去年就認識了啊，賀帥哥還遠從台灣追到日本去解救大家——聽不懂厚？我懶得講給你聽，反正他們的情感非比尋常！」小雪簡直是越解釋越糟，此時電鈴聲一響，她立即跳起來衝向門口。

大餐陸續送進來，她看得是口水直流，游智禔則是完全動彈不得，非比尋常是什麼意思啊啊啊！

惜風已經有男朋友了？

待在房裡的惜風跟賀瀰焱完全沒理會外頭的聲響，兩人全神貫注，先由賀瀰焱鋪上結界，惜風則在梳妝台上將俄羅斯娃娃打開，讓每一只娃娃都顯露出來。

她雙眼對著鏡子，注意著是否有女鬼現身。

一個、兩個、三個……直到第九個娃娃都拿出來了，鏡子裡卻沒有出現她今天在女廁裡見到的女鬼。

「我不懂……」她望著鏡子裡的自己，不明所以。

賀瀟燚繞了房間一圈，沒有放過任何一個角落，仍舊感受不到所謂的邪氣。

「說不定是搞錯了，只是一模一樣的娃娃……」他拿起娃娃喃喃唸著，明明跟照片上的很相似啊。

「我看見的女鬼不可能搞錯！」惜風壓低了聲音，「好幾個女人或女生，渾身都是血，還有人身體上有窟窿，而且——」

而且？她正轉過身對賀瀟燚說話，卻看見他身後的落地窗上，映著不只他們兩個的身影。

賀瀟燚也感受到了，緩緩回身，看見陽台上站著穿著一樣衣服的女人們，她們也正望著他們。

每個女人生前都遭遇過刑求般，有被打的、有被電焦的，也有被燒毀容的，最重要的是——為什麼有人屍身不完整呢？除了渾身是血外，就是一樣的衣服跟破碎不全的身體，車禍？不像，被刑求？但又不像死因。

「妳們是依附在俄羅斯娃娃裡的嗎？」賀瀟燚朝向陽台，問站在陽台上的鬼魂們。

一二三四五六七八……惜風仔細的來回再數過一次，往右下瞟了梳妝台上的俄羅斯娃娃——九層！

「天哪！別告訴我一層一個！」她盯著九只俄羅斯娃娃，前面八只娃娃突然從舒展眉成了哭喪臉，顏料開始融化，流下黑色的淚水，連上翹的嘴角都下彎了！

『不該許願，不能許願……』女人們悽楚的說著，這次總算是用英文了。『我不應該許願的啊！』

『快點放我出去！放我出去！』其中一個女人敲打著玻璃窗，哭得泣不成聲。其他人只是哭號著、哀叫著，並沒有任何攻擊行動的前提下，賀濴焱並不會採取反制，他保持距離的上前，想試著跟鬼魂溝通。

惜風瞪著融解的俄羅斯娃娃，顏料融化，從紅色身體上融下的顏料，宛如血液一般，一滴一滴的匯集，甚至流下了桌緣，成了小小的血瀑。

『許個願吧！』

咦？她倏地抬起頭，在鏡子裡瞧見了另一個女人。

那個女人美得不可方物，跟絲妮克是不一樣的類型，是極豔的美女，上挑的杏眼，長長的睫毛，雪白的肌膚與嬌豔的紅唇，一頭金色長髮，堪比明星耀眼。她穿著繁複的服飾，看起來相當高貴，彷彿全身上下都鑲滿珠寶似的。

賀濴焱……惜風的眼尾瞟向他，想要開口，卻發現出不了聲，而且動彈不得！

『噓——別讓他聽到啊，妳希望他聽見妳的願望嗎？』女人笑了起來，『妳希望什麼我知道喔！妳厭惡跟在妳身邊的那個人，想要自由對吧？或許跟那個男生在一起……』

這個女人是哪裡來的？賀濂焱！這裡有問題，你沒有感覺嗎？

『只要許個願，我會達成妳的願望——』女人高傲的說著，『但是妳要保證一定要讓我重見天日。』

咦？惜風不由得往第九只小娃娃看去，難不成……她是第九個？

『許吧，很簡單的，只要說出來就好了！』女人嫵媚的逼近她，『說，我想要脫離舊情人，跟那個男生在一起……』

閉嘴閉嘴！惜風好想動，但是她為什麼、為什麼——

「這女人當我是白痴嗎？」賀濂焱的聲音突然出現在耳邊，惜風措手不及，整個人被往後扳去，摔到了床上。

妖魅的女人看見賀濂焱突然出現嚇了一跳，她才蹙眉，衣角竟開始燃燒。

『哇啊——』她嚇得趕緊在鏡裡滅火。

「真有一手，妖氣邪氣都隱藏得很好嘛！」賀濂焱伸出食指在九只俄羅斯娃娃上游移，「妳是哪一個呢？我看全燒掉好了！」

『不不——』一陣陣NO、NO的慘叫聲同時從陽台上傳來，那群女鬼嚇得花容失色。下一秒，賀濡焱抓住了第九只，鏡裡的女人擰著眉，怒目瞪視著他，毫無懼色。

『我是無堅不摧的。』女人驕傲的說著，『願望早已許下，你阻止不了俄羅斯娃娃的力量！』

願望已經許下？賀濡焱即刻回首看向撐在床上的惜風，她剛剛許了願嗎？

嘶吼聲自陽台傳來，死靈們冷不防的一一從窗戶竄飛而入，全部衝向賀濡焱，同一時間，鏡裡的妖魅女人竟然半身探出鏡外，趁賀濡焱分心之際，手持刀子往他胸口一刺！

紅色身影自他胸口竄出，硬生生擋去刀勢，惜風趕緊跳起，從背包裡抽出礦泉水瓶，打開瓶蓋扔向他。

水迴旋般的灑向四周，死靈們一一撞上發出電擊般的磁波，惜風扯過身上的佛珠，衝向梳妝台上的俄羅斯娃娃，將其全部圈了起來。

但是沒有用，兩個死靈扣住了惜風的肩頭，她們的血滴在她身後、臉上，不停的叫喊著，硬是把她往陽台拖去。

「喵！」貓叫聲響亮的傳來，銀灰色的身影才跳進陽台，就把拖著惜風的死靈嚇得逃竄四散。

惜風趕緊翻過身子，把落地窗打開。

『呀——』嘔啞嘈雜的尖叫聲不絕於耳，所有死靈飛奔回俄羅斯娃娃內，貓跳進房裡、跳上賀濡焱的身子，他刻意伸直右臂讓牠踩踏，然後一使力將牠推向鏡子。

但鏡裡的女人更快，帶著驚恐的神情尖叫著消失。

此時門外傳來了急促的叩門聲。

「惜風、惜風！你們怎麼了！」小雪緊張的敲著門，那可不是激情的聲音！「發生什麼事了？快開門啊！」

惜風肩頭的衣服破了，爪痕依舊，賀濡焱望著破碎的鏡面，身上處處是傷，手一勾，徘徊的紅影竄回他體內。

「那是……鬼？」惜風癱坐在地上。

「是邪妖。」

第四章

意外的禮物

游智褆食不知味的喝著熱湯，雙眼目不轉睛的望著坐在一旁接受上藥包紮的惜風，她把頭髮盤起來，穿著的兩件單薄上衣，肩頭部分都被撕破，上頭還有一道道血痕。

而那個叫賀濔燚的男人，正扯開她的上衣，為她上藥。

「不能讓小雪來嗎？」游智褆忍不住提出異議，瞥向坐在一邊大口吃麵的女生。「妳去幫惜風擦藥啊！」

「我才不要！」她鼓起腮幫子，「那是專業領域。」

「專業？」游智褆根本聽不懂，「我可以問是怎麼回事嗎？你們打架？還是……」

剛剛他正「陪」小雪興奮的看著餐點，結果聽見房裡的說話聲變得大聲又激動，他以為是吵架，後來發現不只他們兩個人的聲音，還有詭異的尖叫聲，緊接著是玻璃破碎的聲音、惜風的喊叫，這種種讓人錯愕，但小雪卻一個箭步上前開始敲門，直想破門而入。

「說了你晚上一定不敢一個人睡。」小雪吐了吐舌。

「妳就敢？」游智褆皺起眉，這女人講話很機車。

「噠啦！」只見小雪拿出掛在脖子上的一堆護身符平安符保命符，還一臉神秘兮兮的說：「我還有特別法寶。」

游智禔望著她炫耀的那些東西，她根本不必回答，他已經知道答案了。

「……好兄弟？」他戰戰兢兢的問著，卻不安的望向賀濡焱。

賀濡焱沒答腔，只顧著清理惜風的傷口，她咬著牙忍痛，任他使勁的用棉花棒在傷口上擦拭。

「這樣很難清洗。」隔著衣服真的很麻煩。

惜風深吸一口氣，從容的站起來。「那我脫衣服。」

說完，她從容的走進房間，賀濡焱望著自己手上的抓痕跟胸前的刀痕，這些也要稍微處理一下，以策安全。

「算了，你一起進來好了。」惜風突然「巴庫」，探出一顆頭。「我省得遮遮掩掩。」

說到這兒，她還有意無意的瞥了游智禔一眼。

什麼！游智禔一口湯嚥不下去，看著賀濡焱再次走進惜風的房間，這一次一樣關門落鎖，門關上前，他發誓賀濡焱用一種「哼」的勝利表情望著他！

「這是什麼！」游智禔一點都不避諱的大吼，「遮遮掩掩是因為我？那我不在的話……」

小雪不耐煩的瞥了他一眼，「先生，你是在激動什麼？惜風是在療傷，賀帥哥幫她把傷口清乾淨，確保不會被鬼毒感染，請你不要用有色眼光看待這一切。」

「有色……」游智禔倒抽一口氣，「問題是——為什麼會有鬼這種東西！」

「到處都有啊，你不知道我去年難得出國一次就遇到丑時之女，她們還會趁人睡覺時拿鐵釘釘人咧！」小雪說是這樣說，可是一臉泰然。「我真的嚇得半死，不過經過一次，就會比較習慣了。」

「這種事也能習慣？」

小雪聳了聳肩，指指房門。「你去問裡面那兩個，從容不迫咧，就你經驗值最少，快點練習級吧！」

「這種事還有練習級的？」游智禔錯愕的東張西望，「這裡現在該不會也有吧？」

「眼不見為淨，快吃你的飯，吃完讓他們吃！」小雪催促他，果然看起來不當一回事。「現在要擔心的是更大的事！」

「還有什麼更大的事？」

「祈禱不會跟我們扯上關係！」小雪唏哩呼嚕的把麵吃完，趕緊再盛碗湯，配著麵包。

是啊，希望只是旅館裡單純的鬧鬼而已，千萬千萬不要跟當初一樣，遇上的是專門找他們麻煩的魍魎鬼魅。

她這次真的很認真的想出來玩的！

游智禔完全吃不下了，惜風跟賀濡焱的關係已經讓他坐立不安了，現在小雪又說鬧鬼，那就表示剛剛在惜風房裡發生了鬼與人打鬥的事情嗎？

為什麼會有鬼啊！

「喵～」

銀灰色的貓懶洋洋的趴在梳妝台上，看著那些倒臥的俄羅斯娃娃，泛出一個慵懶的笑容。

惜風換上浴袍，露出肩膀的部分，任賀濡焱得以迅速準確的清洗傷口，那真的很痛，除了被利甲抓傷的痛外，還有賀濡焱毫不憐香惜玉的棉花棒硬搓揉法。

清理完畢，他自己進浴室統一處理，水聲不斷，而惜風就坐在床上，跟那隻貓對望。

「你是為了俄羅斯娃娃而來的對吧？」她問著貓，覺得自己有點蠢。

貓咪打了個呵欠，看起來不是很想理她。

沒幾分鐘，賀濡焱就從浴室步出，他的傷很好處理，只要洗個澡就行了，自己施咒很快。

惜風瞥了一頭濕髮的他一眼，老實說，他長得真的很好看。

賀灥焱一瞬也不瞬的望著惜風，一副欲言又止，望了望掉在桌上及地板上的俄羅斯娃娃，再看著滿地的鏡子碎片。

「你（妳）有什麼話想說嗎？」兩人異口同聲。

一講完，兩個人相視數秒，卻一樣保持沉默。

「好，妳許了什麼願？」賀灥焱深吸了一口氣後，率先開口。

「許願？」惜風皺眉，她哪有？

「俄羅斯娃娃說妳已經許了願，來不及了。」他這口吻帶著極大成分的不悅。

「我沒有！我怎麼可能會去跟它許願，你想也知道！」惜風站起身，拉緊浴袍。「你就站在旁邊，你有聽見嗎？」

「妳那時不能說話，對方封住了妳的行動跟聲音，只要妳心裡閃過想法，就會被當成是在許願！」賀灥焱的聲音大了起來，濕潤的毛巾甩動著。「妳到底許了什麼願？」

「我沒有！我是什麼人？我怎麼可能會犯那麼基本的錯誤！」惜風也不客氣了，她討厭他用這種語氣跟她說話。「你怎麼不認為那俄羅斯娃娃是在誆你？」

「妳許了。」賀灥焱直指著她的鼻尖，忿忿的望著她。「我可以肯定，不然俄羅斯娃娃不會那麼志得意滿，她就是在引誘妳許願！」

惜風伸手拍開賀瀟焱的指頭，筆直的往門邊走去，開了鎖，猛然拉開兩扇大門，怒氣沖沖的離開。

賀瀟焱緊蹙著眉，不悅的把毛巾扔到一邊，回身瞪著還在梳妝台上的貓，還有散落的俄羅斯娃娃。

「混帳！」他低咒著，惜風根本不曉得，有時不經意的小事，會造成無法挽救的後果！

那隻貓突然站了起來，喵嗚的對著他叫，用長長的尾巴捲起還擱在桌上的幾只俄羅斯娃娃，賀瀟焱盯了牠一會兒，伸手輕柔的摸了摸牠；貓很坦然的享受著他的觸摸，然後他將地上摔落的俄羅斯娃娃拾起，一個個裝回去。

每一只都沒有融化的跡象，剛剛的一切彷彿是幻覺，至少現在在他手裡的是完整綺麗的俄羅斯娃娃。

接著便穿上外套，他得把俄羅斯娃娃送回去。

「你要不要跟我走？」他對著貓說，那貓立刻跳到他曲起的手臂裡。

賀瀟焱走出房間時，惜風正盛好餐點要吃，繃著一張臉，還做了個不耐煩的深呼吸。

「妳算過那裡有八個女人對吧？九層俄羅斯娃娃八個女人，用腳趾頭都知道是怎麼回事！」他盯著她，說著游智禔根本聽不懂的話。「我只是不希望妳變成第九個。」

「我沒有。」她口徑一致，仰頭瞪著他。

「東西我先帶走了，電話我寫在裡面，有事情可以用辦事處給妳的手機打給我。」他向小雪跟游智禔敷衍的道別後，便離開了。

惜風縮起雙腳吃著麵，滿肚子不高興，她很久很久沒這麼生氣了，但是賀濡焱剛剛那種舉動真的讓她非常火大。

懷疑她？他怎麼可以懷疑她？好歹她是死神的女人，什麼事沒見過，怎麼會去跟一個鬼氣森森的俄羅斯娃娃許什麼願！

全世界都可以懷疑她，就他不應該！

小雪的小手伸了過來，輕輕覆在她的膝蓋上，惜風微微向左瞥了她一眼，知道她在擔心。

「沒事。」她望著兩個同學，心情很快的沉靜下來。

「究竟怎麼回事？現在總該讓我們知道了吧。」游智禔像是抱怨般的說著，他討厭被蒙在鼓裡，尤其小雪一副什麼都知道的樣子。

惜風認真的望向他們兩個，這件事其實不關他們的事，如果來源是那個俄羅斯娃娃，應該在賀濎焱把東西還回去後，進行鎮壓就沒事了。

她又沒許願，第九個女人不會是她。

至於鏡裡的那個妖豔美女……她不能算第九個嗎？她好疑惑，那個妖豔女人希望她許願的目的是什麼？那些被殘殺的女人又是哪裡來的？

難道是因為許了願才變成那樣？這就神了，誰會許願把自己變成那個樣子？

「沒什麼事。」惜風最終給了一個讓他們失望的結論。

小雪眨了眨眼，幾秒後站起身，伸了一個懶腰。「YES！沒事就等於好事！我要回去洗澡睡覺了，除去一身穢氣！」

「……就這樣？」游智禔完全無法接受，「妳不知道我們會擔心嗎？妳跟那個賀濎焱窩在房裡不知道在做什麼，有打架聲又有奇怪的尖叫聲，這都很詭異，然後妳用一句沒事就想帶過？」

惜風冷靜的望著因發怒而站起來的游智禔，他的口吻充滿憤怒與不滿，但很怪的是，她並不會因此感到不悅。

她只是掛著淺笑，瞟向都要出門的小雪。「小雪，妳擔心嗎？」

小雪正回眸望著呢，搖了搖頭。「沒事就不必擔心啦！」簡直可以喊萬歲。

游智禔忿忿不平，先瞪向小雪再回頭看著惜風。「妳們什麼都懂，有沒有顧慮到我這個不懂的人！」

「為什麼要顧慮你？」惜風立刻截斷他的質問，「你沒受傷、也沒有什麼東西攻擊你，就算有事也不是發生在你身上——你需要懂什麼？」

小雪暗暗吐了吐舌，就說他經驗值不夠了咩！

「你擔心我，謝謝，可是我已經說我沒事了。」她聳了聳肩，「你還希望我說什麼？鉅細靡遺的告訴你所有經過嗎？」

游智禔緊握著雙拳，繃緊神經，很掙扎的用力點了頭。

「對，我希望妳鉅細靡遺的告訴我！鬧鬼是什麼？鬼是哪裡來的？妳為什麼看得見鬼？還有那個賀濂焱是誰？為什麼會在莫斯科遇到本來就認識的人，以及——」

「你管太多了。」惜風毫不留情的說出了重點。

對，他管太多了。

在她已經表達沒事的狀況下，他沒有資格再進行任何的詢問，更別說是質問，他甚至沒有資格生氣、憤怒及不滿。

因為他不是她的誰，他的關心太過，超出了同學的範圍，裡面太多無謂的理所當然。

哎呀，真慘，這不只是發卡了，而且還被刺了一劍，傷得很重哩。小雪也不好先閃，總得帶著游智禔離開才行。

「我管太多了……」游智禔皺起眉，顯得很難過。「是，沒錯，對不起！」

這口吻一點都沒有歉意，比較多的還是生氣，包含著對惜風態度的不悅，他覺得惜風不該這樣踐踏他的關心。

事實上，太多人都打著「關心」的旗號，做著過度逾矩的事情，好像以關心為名，就可以干涉他人隱私、可以介入別人的事情，事實上根本不適宜。

所以她不需要概括承受，不是誰施以關心，她都必須接受。

但社會讓太多人都是如此，覺得關心就應該被接受，對方甚至應該有所回應，其實沒有人在索求關心，這也是一種自我感覺過度良好的情況。

「你們今天遇到這些事情也都累了，快回去休息吧。」惜風平淡無感情的說著，「明天睡到自然醒，我們再四處逛逛。」

小雪上前拉了拉游智禔，低聲說著走啦，游智禔卻憤怒的甩開她的手，二話不說衝了出去。

她咬著唇往惜風看去，輕噴了一聲。「妳應該知道他喜歡妳吧？」

「他應該要知道不能喜歡我。」她又起一口麵，打開電視。

「他現在知道了。」小雪吐了舌。

「很好。」惜風劃上滿意的微笑。

唉唉，惜風有一本很難唸的經，沒人能深入明瞭，她也不想。

上一次的事件是她間接害到惜風，對她懷有愧疚之意，面對日本的事跟厲鬼的迫害，怎麼說也是九死一生，跟惜風也算是出生入死的交情。

她怕不怕？怕喔，不怕她去求那麼一堆東西回來做什麼？

可是怪的是，回來之後泰然很多，這種事要親身經歷過才會知道，對於很多事不需要太過執著，很多事也要會學著放下。當然，她也跟感情親暱的姊姊說過這些事情，幸好姊姊不但沒當她是瘋子，還鼓勵她繼續跟惜風當朋友。

因為她喜歡惜風，喜歡跟她當朋友，何必去管別的呢？

怕撞鬼就做好萬全準備，不要犯禁忌、不要去招惹東西，該有的護身符一樣都不要少，萬一真的遇到了？那就看對方想要什麼，唸唸佛號，祭出十字架，通常也都有用。

要是再高一級，遇上有攻擊性的呢？那就中頭彩了，這種情況除了保命之外，別無他法。

所以，當惜風說「沒事」就是沒事，永遠要相信專家的話，她也不會去在意其他，因為惜風想說時，自然會跟她說，實在沒必要庸人自擾。

關上門前，小雪說了聲晚安，惜風也笑著回她。

看，這樣的互動多好？像剛剛甩門的那位就比較可憐一點，喜歡惜風喔……表現得太過了啦，一副他是惜風的男朋友還是哥哥的樣子，還質問咧！

不過賀瀮焱剛剛說什麼許願？哇哩咧，該不會跟俄羅斯娃娃有關吧？小雪搖了搖頭，晚上要把符都拿出來貼，順便貼一張在她買的那只上面好了。

嗯嗯，應該先用十字架把娃娃綁起來，再貼上符紙，最外圍套上佛珠，這樣就萬無一失了，哈！

小雪愉快的回到她住的那一間，今晚比較困擾她的，應該是惜風到底許了什麼願，讓賀瀮焱帥哥這麼生氣咧？

最可憐的是游智禔，希望他今晚能有個好眠！

小雪輕快的走進房間，託惜風的福，每個人都能住高級套房，有客廳有房間，她把今天買的藍色俄羅斯娃娃擺出來，雙手合十的請它不要害她，然後一個個拆開來看，跟惜風那個比起來是樸素多了，但她就是喜歡水藍色的簡單。

捧起最小的那個，小雪笑望著娃娃的臉龐，她其實想多買幾個回去當紀念品送人的。怎麼樣都看不出有問題啊！嘻！

「讓我們大家都平安無事吧！」她對著最小的娃娃說著：「我、惜風、游智禔跟賀帥哥，大家都能安然無恙，平平安安。」

她微微笑著，把娃娃一個個再套回去，完全按照許願的規則。

然後，起身走到落地窗戶邊，將窗簾拉起來。

最後，她坐在床邊，望著梳妝台上的俄羅斯娃娃許久，才彎下身子，從靴子裡抽出一本小筆記本。

使用次數頻繁並且陳舊，上頭是密密麻麻的數字跟看不懂的俄文。

是那個人臨死前塞進她手裡的。

第一槍其實是打在他的左肩頭，當時她離他有一公尺以上，那一槍使得對方往前仆倒，她下意識的想上前去扶，瞬間拉近了兩人的距離。

接著她突然感覺到有個東西往她胸前壓，她原本以為這人受了傷還想要性騷擾，低頭一看卻發現是本本子。

男人兇狠的雙眼凝視著她，像是在要她藏好般的謹慎。

其實只是幾秒鐘的時間差，第二槍打穿他的後腦勺，子彈從正面噴出時毀了他的臉，為了接過那本本子，她鬆開了抵著對方手臂的手，把本子塞進衣服裡，然後第三槍接連射來，她就整個人被壓住了。

在警察來之前她找機會把小本子塞進靴子裡，在警局被迫換衣服時，一直有女警在看著，她慶幸對方沒有叫她把衣服都脫光……廢話！她又不是犯人！

翻著那本本子，小雪咬了咬唇，從行李箱中搬出筆記型電腦，好整以暇的坐在書桌前。

「差點忘了！」她起身往房間跑去，抓過那只殺價得來的俄羅斯娃娃，擺在電腦邊。進入孤狗翻譯網頁，她瞥了俄羅斯娃娃一眼。「記得保祐我啊！」

手指飛快的在鍵盤上移動，她想知道，這本子裡寫了什麼東西。

桌上的俄羅斯娃娃嘴角微微抽了一下，可惜她沒有看見。

※　※　※

翌日中午，天空依然陰霾，不過沒有降雪，三人吃了一頓氣氛非常僵的午餐後，惜風提議去莫斯科其他地方走走，問他們有沒有意見。

小雪舉雙手贊成，游智禔沉默了幾秒，說他很累，想待在飯店休息。

想也知道還在生氣，不過惜風用溫和的笑臉叫他好好休息，她昨晚傳簡訊給絲妮克，問她今天能不能出來當嚮導，她願意給她一般行情兩倍的薪水。

絲妮克一大早就打電話來了，只可惜惜風把手機調成靜音沒接到，醒來時已有十幾通未接來電，還有絲妮克回覆一大堆 OK 的訊息，看來她是樂瘋了。

所以現在惜風跟小雪坐在飯店大廳等絲妮克，游智禔已經上樓去休息了。

「妳真的讓他待在飯店睡覺喔？」小雪覺得不妥。

「他都這麼說了，我不勉強人的。」惜風微笑著，他自己說他累的。

「他是鬧脾氣吧，他一定覺得昨晚很沒面子！」小雪哎喲了聲，「只要妳開口，他一定會出門。」

「我尊重他的意願。」惜風露個皮笑肉不笑的表情，她沒有必要敦請游智禔出去玩，不想去就不要去。

小雪無奈的嘆口氣，鼓起腮幫子，惜風的個性也真直接，果然非常不會做人。

「那賀帥哥哩，應該有說吧？」

餘音未落，惜風臉色一沉。「沒有。」

咦呀！生氣？小雪用力眨了眨眼，她在生氣耶！靠，世界上有能讓范惜風這麼生氣的人或事嗎？傑克，這未免太神奇了！

她明明說過人生不要為小事計較的，因為太短暫了啊！

「妳眼睛瞪那麼大幹嘛？快掉出來了。」惜風嘛起嘴，那表情真討厭。

「不跟他說就亂跑，他會擔心喔！」小雪試探般的靠近她，「而且你們兩個昨天有遇到一些共同的朋友……」

「我不想理他，昨天的事已經解決了。」惜風非常堅持。

好，好吧！小雪兩手一攤，的確不關她的事啊！看來小倆口這次吵架吵得很兇，才會讓惜風這麼不爽。

等到一點半，才見到絲妮克氣喘吁吁的身影。

「對、對不起！」絲妮克一衝進大廳就道歉，「交班晚了一點，我臨時請假，所以……」

「好好好，別緊張。」小雪趕緊拍拍她，「我們都是沒計畫的，不必急啦。」

絲妮克根本連話都說不出來，好不容易才能換口氣，她穿著跟昨天一樣的貴氣皮大衣，小雪超喜歡的，總覺得那件大衣價值不菲，不過……她在咖啡廳打工，卻這麼好野喔？

「那妳們想去哪裡呢？」絲妮克恢復氣息後，撥了撥長髮，幾個白點小花飄了下來，落在她的肩上，飯店一堆人對她行注目禮。「我有開車喔！」

「我隨便，妳帶路吧！」惜風真的只是想隨意逛逛。

「啊！我想去一個地方！」始終沒意見的小雪忽然翻找側背包，刷的抽出一張飯店的便條紙。

上頭寫了一串俄文，絲妮克趕緊接過，仔細查看著。

「妳懂俄文？」惜風不明所以。

「網路上抄的。」小雪呵呵的笑著，「聽說是個神秘的地方，我想去看看……就看看，可以嗎？」

那是本子裡特地標起來的一頁，也是最後一筆資料。

「OK！」絲妮克表明有地址就沒問題。

走出飯店時，小雪有點失望的看著天空，她還以為下雪了咧！

三個女生愉快的上了車，惜風先大方的付了一半的工資，絲妮克開心得跟什麼一樣，然後絲妮克兼任司機和嚮導，讓客人坐在後座，地址就握在她手上。

一路上介紹了莫斯科的景點，只是帶過而已，絲妮克還帶她們去吃道地的路邊小吃，休整一下後再繼續往目的地前進。

因為地點不是在莫斯科，是在隔壁城鎮。

「怎麼？」小雪吃甜點比切尼吃到一半，感受到惜風的注視。

惜風沒說話，只是瞇著眼看她，彷彿在打量觀察著什麼。

「哎喲！幹嘛這樣，只是個地址。」她皺起眉，很想請惜風放過她。「好，我不知道那是哪裡，OK？」

「不知道？那我們去那裡做什麼？」惜風挑了眉，太詭異。「餐廳？遊樂區？還是什麼——賀濡焱叫妳帶我去的地方嗎？」

「沒沒沒，我發誓沒跟賀帥哥私下聯絡！」小雪趕緊做立誓狀，前頭的絲妮克聽不懂，只覺得她的動作表情有趣，咯咯笑著。

「那——」惜風凝視著她，「小雪，說實話喔！」

「就是個神秘地址，我真的不知道是哪裡。」她頓了一頓，突然附到惜風耳邊說悄悄話。

此舉又讓絲妮克覺得有趣，她聽不懂中文，她們說得再大聲她也不明白啊！只是透過後照鏡，可以看見惜風瞪大的雙眼，緩緩的看向一臉愧疚的小雪。

「我做錯了？」她不安的說著：「我只是不覺得應該交給警察……」

「妳──」惜風說不上來，但是她跟小雪有同感。「可能不是那麼適宜，但這不是由我們決定的！」

「可是我不知道怎麼辦啊！要交給誰？對方就是不想要讓人家找到吧？」小雪也急了，「我的初步想法是，先搞清楚一點蛛絲馬跡，再來決定下一步。」

惜風蹙起眉，小雪不知道有沒有聽說，昨天死在廣場上的是跟黑道有關係的「重量級人物」！

啊！她突然覺得頭有點痛，但是箭在弦上，能怎麼辦？

「如果我們等一下找不到線索，妳就要把東西交給警方。」她開出了條件，「我不覺得保管這個會有什麼好事，小雪，人比鬼還狠的！」

「我知道啦！」但她心裡想的是，有這麼嚴重嗎？「可是我姊說，要盡全力幫助人啊，我想那個人可能需要幫忙。」

「噓！」惜風豎起食指，她的頭是真的在痛了。

為什麼她覺得小雪保管的那本本子，比昨天用兩百盧布買到的鬼俄羅斯娃娃還可怕啦！

第五章

神秘地點

離開了市區，車子越開越偏僻，事實上歐美都是這樣，除了大都市外，地廣人稀，人口一向不多，跟人口稠密的台灣大相逕庭。

惜風本來就不是個健談的人，所以一路上多半是小雪跟絲妮克聊個不停，絲妮克的英文算得上是很好了，雖然有些腔調，但大體來說溝通還算容易，再加上小雪的語言天分原本就很高，所以兩個人話匣子一開，就沒完沒了。

惜風連想補個眠都沒辦法，只好閉目養神，心裡想著的不是俄羅斯娃娃，而是俄羅斯這兒的死神是否正跟在她身邊，或是監視著她呢？

這一次死神特意選擇俄羅斯讓她過來，也跟這兒的死神聯繫過，她擔心的是「通報」問題。因為扣掉祂認可的小雪跟游智禔外，賀濔焱是突然出現的人，他們的互動又跟平時不同，萬一祂知道了怎麼辦？

祂在小琉球時就見過賀濔焱了，加上之前她曾警告賀濔焱不要走會出事的高速公路、賀濔焱又把祂當鬼一樣的驅趕，祂其實對他耿耿於懷。

從日本回來後祂也提起過賀濔焱，當時她很鎮定的對死神說，正常人都不希望認識的人往死裡去，警告賀濔焱不要走會出事的國道是一時直覺，但也因為如此，在日本時賀濔焱才會幫助她。

她使用滿不在乎的口氣，告訴死神不必亂想，那個男人心底有一道抹不去的傷痕，祂早知道，何必在意？而且事後她也沒再跟賀濡焱有任何聯繫，根本不必拿他當話題。

死神後來的確沒有追究，那時她真的不怕，對她來說，賀濡焱只是個有些許緣分的人。

但是……她現在怕了。

從他透過旁人寄鈴蘭給她開始，從他們在網路上的匿名聯繫開始，很多事都在變化，接著韓國南怡島的事件，更讓她發現自己的心在動搖。

她因為賀濡焱想改變、情緒因為他開始產生變化，甚至有了想要脫離死神掌控的勇氣。

所以她變得膽小了！惜風蹙起眉望著窗外風景，她應該是視死如歸、天不怕地不怕的人，現在卻有了會恐懼的事物。

不好，這非常非常不好。

「啊——在哪裡呢？」絲妮克似乎很苦惱，「我問一下喔！」

只見她拿起手機找人問著，小雪寫的地址太偏僻，不是在大路上，讓絲妮克有些困擾。

小雪不太敢看惜風，因為她都會用一種責備的眼神瞅著她，彷彿在說：為什麼要蹚這池渾水？

「就一眼？」她雙手合十，禁不住好奇。「妳都不好奇喔？」

「好奇心會害死人。」她淡然的回著，「我們看過的死人還不夠多嗎？」

「這個不會吧？」小雪覺得只是看一眼又不是要幹嘛，怎麼會扯到生死大事呢？她乾笑兩聲，不經意往後瞥了一眼，突然皺起眉。「嗯？」

「怎麼了嗎？」惜風跟著回頭，後頭是一台黑色的六人座車。

「我好像有看過那台車……」小雪認真的瞇起眼。

「這種車子滿街跑，妳確定嗎？」惜風也謹慎面對，千萬不要告訴她，她們被跟蹤了！

嘖！小雪一臉困擾的皺著眉，一直瞪著後頭那台車看，那台車距離她們大概五輛車距遠，不知道是不是瞧見小雪目不轉睛的瞪視，車速減緩下來，車距也越拉越大。

「OK！我問到了！」駕駛座上的絲妮克開心的放下手機，「華瑞克說順著比較小的路走就對了，那是個倉庫，會有路標的。」

「啊，妳問華瑞克啊？」惜風微微一笑，「有電話了？」

「呵……」絲妮克笑得靦腆，「因為昨天說要去找你們，所以互留電話好聯絡。」

「所以是妳主動向華瑞克開口的喔？」惜風難得打趣的逗她。

因為絲妮克實在太可愛了，這樣漂亮的女孩，卻單戀一個咖啡廳的客人，連看著都會嬌羞，倒水倒得非常勤快。

「嗯，謝謝妳啊，我覺得妳是上天派給我的天使、幸運星，所以我才能跟華瑞克變成朋友！」絲妮克連聲音都飛揚起來，小雪聽見八卦立刻轉過頭來，把疑似被跟蹤的事全拋到腦後。

「妳跟華瑞克之前不認識喔？」她擠到惜風身邊，好奇的問。

惜風忍不住瞥了她一眼，這點還真的是本性難移，八卦天后。

絲妮克害羞的點點頭，她在咖啡廳打工後，華瑞克幾乎天天都會去那裡喝咖啡，有時候是休息、有時是跟朋友相約，但大多數是跟女友約會，她對他幾乎可以說是一見鍾情。

既溫柔又帥氣，笑容和煦的紳士，她每天都期待著他的到來。

但是無論他們再怎麼熟，她再怎麼會背他愛吃的東西，卻還是只能看著他女友一個換過一個，而且每個都是美女。

「妳也不差啊，妳是超級美女耶！」小雪連忙讚美絲妮克，不讓她嘆息。「搞不好是因為他覺得妳有男朋友啦！」

「咦？是嗎？」絲妮克對著後照鏡眨了眨眼。

「鐵定！妳又沒有跟他暗示過。」小雪頓時化身成為戀愛指導。

惜風不由得挑了挑眉，看來小雪已經忘了剛才那台黑色車子，不過當她回眸一瞧，卻愣住了。

那台車還跟著！都已經來到這麼荒涼之處，整條路上幾乎只剩他們兩台車子了！

「小雪！」惜風扯扯她的衣服，「妳看！」

小雪狐疑回首，瞪眼一瞧見廂型車，立刻滑坐回位子上。「對啦！從莫斯科離開時他們就跟在我們後面了。」

「怎麼了嗎？」絲妮克將方向盤往右打，「我們到了喔！」

到了！惜風倒抽一口氣，連閃都沒辦法閃了嗎？

一大片排放整齊的貨櫃出現在眼前，像是用貨櫃排出的住宅區一樣，每一條通道前端還有路標，顯示是幾號到幾號。絲妮克照著小雪抄的地址，找尋號碼。

「原來是倉庫啊！」小雪邊點頭邊說：「國外有這種設備，租一格當倉庫，可以讓你擺放東西，還有專人管理。」

「這裡！」絲妮克踩了煞車，車子就停在 1503 號的倉庫前。

那其實就是個方格鐵皮屋，一扇鐵捲門後是人們儲存物品的地方，絲妮克倒是很乾脆的下了車，惜風跟小雪則在車裡看著後面那台毫不避諱的黑色廂型車緩緩駛近。

惜風嘆了口氣，要是遇到大事她是死不了，但小雪跟絲妮克怎麼辦？

「咦？」絲妮克也看到後頭的車子了，結果竟然揮揮手，還很開心的打招呼。

這讓惜風跟小雪都趴在後車窗上望著，從黑色車子走下來的，是昨晚見過的台北辦事處的人——艾森、傑德及芬妮。

這讓她們面面相覷，立刻下車。

「你們跟蹤我們？」惜風一下車就用不悅的口吻問著。

「職責所在。」艾森說得很自然。

「喂！我是嫌疑犯嗎？幹嘛監控我！」小雪當然知道艾森是在暗指她，可是她是目擊者耶！

這樣說來，Ivan 待在旅館看著游智禔嘍？

「我們比較喜歡說是保護。」傑德聳了聳肩，「妳們到倉庫區來做什麼？」

芬妮立刻用俄語問了絲妮克，她搖搖頭，像是在說不清楚，又指指小雪。

「我想來逛逛倉庫區，這樣可以嗎？」小雪也嘴硬，滿不在乎的說著，還開始跟逛大街一樣的在貨櫃區裡散起步來。

但芬妮他們可不是省油的燈，上前抽過絲妮克手裡握著的紙條，光看上頭有寫倉庫號碼，誰都知道絕對不是「隨便」找到的地址。

「妳為什麼會有這區的地址？這間倉庫裡面有什麼？」芬妮轉過身問小雪，口氣真的很不好。

「不知道！」小雪也沒在理她，轉個圈當參觀完了，打開車門說道：「絲妮克，我們走吧！」

「噢，OK！」現在身為嚮導，絲妮克專業得很，立即準備上車。

「等一下！」艾森急忙上前，芬妮甚至一掌把絲妮克打開的門給關上。

「喂！你們不要太過分喔！」小雪使勁的把門給甩上，「你管我去哪！我高興走哪邊就走哪邊，你們是警察嗎？我是犯人嗎？搞不清楚狀況！」

惜風不發一語，她正觀察著四周的情況，這幾個人不會無緣無故跟蹤她們，有可能是俄羅斯警方的要求，擔心小雪跟游智禔亂跑或是出境，更有可能怕被死者牽連，但這麼單純的原因，卻因為小雪私藏了一本筆記本而破功。

她望著那扇緊閉的深灰色鐵捲門，這個倉庫裡有些什麼嗎？小雪說筆記本最後一筆寫的是這個，還標記起來，甚至註明今天晚上八點。

絲妮克不明所以的望著她，惜風只是回以微笑，要她放輕鬆，身後的小雪一夫當關，萬夫莫敵的用中文跟艾森他們大吵起來；而她則是因為聽見水聲，所以往鐵門靠近。

「叭叭叭——」突然一陣刺耳的喇叭聲由後方傳來，大家詫異的轉頭看去，怎麼客人這麼多？搖下車窗探出頭的是夢妮，駕駛正是華瑞克。

「怎麼了？為什麼這麼多人？」華瑞克從車裡望著大家，目光最後停留在絲妮克身上。「妳怎麼跑到這裡來？」

「不，我在工作，我現在是她們的嚮導。」絲妮克再次比向了小雪，「她說要去哪裡，我就負責開車啊！」

原來是因為絲妮克打電話向華瑞克問路，他報完路卻覺得奇怪，為什麼絲妮克會到這種荒僻的倉庫區來？恰巧他跟女友也在附近，想說繞過來確認一下她是否找錯路了。

結果一到就看見這裡劍拔弩張的情況，搞到華瑞克也下了車，評斷艾森他們太誇張，完全站在小雪這一邊。

沒管那邊的吵鬧，惜風把注意力放在出現水滴聲的鐵門上，她狐疑的觀察著，明明有漏水的聲響……

鐵捲門由上而下整齊排列著一塊又一塊的門片，此時自最上方開始滲出一滴滴的血，順著門片一層一層的流下來，接著落下的血水越來越多，鐵門開始輕微晃動，從裡面傳來嚶嚶啜泣聲。

惜風擰著眉仔細望著鐵捲門，鐵門開始扭曲變形，從裡頭拓出一張女人的臉，像是浮雕一般，連淚水都是隨她出現時刻出來的。

女人說著一連串的俄語，她聽不懂，只能搖頭。

『請救救她們……』這一次，另一張拓印出的女人臉這麼哭著，她使用了笨拙的英語。

啊啊──惜風倒抽一口氣，連連後退，立即緊閉上雙眼再睜開，鐵捲門毫無異狀，沒有血也沒有任何女人的浮雕，但是她知道裡面一定有問題！

請救救她們，表示裡面還有人！

「打開！小雪！妳能不能打開這個門？」惜風大喊著，隨即開始用力拍著鐵捲門。

「我懷疑這裡面有人！」

「咦？有人？」小雪嚇了一跳，急急忙忙的跑過來。

聽得懂中文的艾森跟傑德自然也跟上前，他們甚至將耳朵貼在鐵門上聽裡頭的動靜，然後試著大喊，看會不會有回應。

「妳怎麼知道有人？」小雪狐疑的低聲問著。

「有死人。」惜風用嘴型無聲說著。

小雪頓時愣了一下，二話不說，從口袋裡拿出一把鑰匙，直接插進鐵捲門上的鎖孔，惜風瞠目結舌，她還真的有鑰匙耶！

艾森自然也是目瞪口呆，他們才在考慮找警方過來，就看見這個台灣女生乾淨俐落的把倉庫門給打開了。

男人立刻上前幫忙推鐵門，往上一推，一股惡臭立即從裡頭傳了出來！

「嗚——」大家忍不住掩鼻，那不只是屍臭味，還有一堆酸味、排水溝味等混雜在一起的惡臭。

「有人嗎？」小雪用英語大喊著，並緊閉著氣。

倉庫裡頭擺放了一些箱子跟物品，看起來沒有什麼異狀，但這氣味絕對代表有屍體，不管是人或什麼，總之絕不如看起來的單純，至少在惜風心裡，已經確定是人了。

「嘿，我們這樣擅入可以嗎？」華瑞克提出了疑問，連夢妮也一臉憂心忡忡，說著那是別人的私有財產。

這讓艾森他們也遲疑了，只不過小雪已經直接衝進去，他們也來不及說些什麼。惜風聳聳肩，也跟著走進去，因為她直覺有人被關在裡頭，不想再繼續拖延時間。

她對這裡頭是些什麼東西，已經心裡有譜了！

「HELP！HELP！」突然間，傳來敲擊聲，然後有女孩子的聲音跟著悶悶的傳了出來。

倉庫裡很昏暗，甚至連窗子都沒有，物品堆放得亂七八糟，小雪繞來繞去好不容易才找到電燈開關，一打開，驚見這個倉庫超級大，貨櫃中還有貨櫃！

而聲音就來自最左邊深處的貨櫃牆。

一整排貨櫃擺得平平整整，不注意的話還會以為那是道牆，但是從裡頭傳來此起彼落的求救聲，表示這只是障眼法，有一群女孩在鐵牆之後。

但是，找不到入口啊！

大家分頭仔細的找著，怎麼樣都只有一面牆，看不見出入口！

華瑞克跟夢妮最終也進來了，夢妮邊抱怨著臭味，一邊不甘願的尋找，大家都快把那牆摸破了，還是找不到出入口。

絲妮克用俄文大聲的問那些女孩，可是對方回答的聲音好小，而且答案似乎是——不知道……

怎麼會不知道啦！她們是怎麼進去的？

艾森決定叫警察了，華瑞克則很緊張的阻止，他想先撤離，不希望因為這種事被拘留，還扳起手指數著貿然闖入私人倉庫所觸犯的法律，他覺得一點都不划算。

絲妮克被這麼一嚇，緊張的哭了起來，她不知道這麼做會觸法，惶恐的看向小雪，彷彿在問她該怎麼辦？

怎麼辦？小雪根本沒有接收到求救眼神，她離開牆面，非常認真的去找其他可能是出入口的地方。

艾森正在撥打手機，芬妮努力的跟牆另一邊的女孩們對話，華瑞克跟夢妮決定不蹚渾水，疾步往外走去，小雪往堆放物品的地方望過去，惜風則期待有些亡者可以給予訊息。

咦？終於有影子掠過，惜風迅速捕捉，看著兩個女孩就站在門口，合力把鐵捲門往下一扯——哐啷哐啷，鐵捲門迅速降下，嚇得快接近的夢妮失聲尖叫。

什麼東西！惜風不解的也往門口衝，只見其中一個亡靈明顯的瞥了她一眼，露出一抹殘虐的笑意。

陷阱？不對，這裡為什麼會有陷阱？！

說時遲那時快，惜風來不及問些什麼，倉庫裡唯一的燈竟然暗了，他們一行八個人，就這樣被困在沒有出口、又髒又臭的黑暗空間裡。

「搞什麼！怎麼回事！」夢妮哭喊著，華瑞克則拚命的想把鐵捲門向上拉開。艾森跟傑德也衝上去幫忙，芬妮氣急敗壞的問著到底怎麼回事，絲妮克則貼著牆，全身顫抖不已。

小雪愣愣的回頭望著大家，接著從側背包裡拿出迷你 LED 手電筒，繼續照亮裡頭，並且開始移動一個大鐵架上的箱子。

「這是怎麼回事？妳是故意把大家引來這邊的嗎？」芬妮逼上前去，質問著小雪。

「我又沒叫妳跟蹤我，莫名其妙！」小雪推了她一把，「借過，妳擋到我了！」

說得真好，又沒人叫他們跟蹤！

惜風要絲妮克待在原地別動，她也有隨身攜帶手電筒的習慣，她知道小雪現在一心只想把被關起來的女生救出來，因為她深信昨日在紅場的死者，託付給她這個重責大任。

至於是不是巧合，或是只是小雪自己這麼解讀，已經不是重點了。

她現在支持小雪，因為這應該和販賣人口有所關聯，既然那個死者是黑道，可能性就更高了。

只是惜風不懂，亡者為什麼要阻止？她們不希望救出其他同伴嗎？

「惜風！來幫我一下！」小雪似乎發現了什麼，大喊著。

惜風疾步走過去，其他人都聚集在鐵捲門邊，他們慌張的在撥打手機、敲打鐵捲門，可想而知，手機絕對收不到訊號，而且這裡這麼偏僻，暫時也不會有人發現他們。

小雪發現的是個架子，上頭放了很多無關緊要的物品，她還說後頭的牆是空心的，這讓惜風直覺這裡有個出入口！因為從外觀上他們很難判定這間倉庫有多大，說不定每一道牆都是假的。

哭聲開始在倉庫裡迴盪，而且從小雪抬首傾聽的反應，惜風就知道已經不只有自己聽得見了。小雪一邊搬動東西，一邊朝上方顧盼，而鐵捲門邊的幾人也起了騷動。

「妳繼續！」惜風吆喝絲妮克過來，請她幫小雪的忙，自己則把手電筒往上空照去，看見了許多模模糊糊的死者依序出現。

全部都是相當年輕的女孩，白淨的肌膚與金色長髮，傳統的俄羅斯美女，因為血統的關係，斯拉夫民族的女人都相當的耀眼。

只是她們每一個看起來都瘦骨嶙峋，衣服穿得也不多，身上有許多傷痕，最特別的是她看見跟俄羅斯娃娃中女鬼一樣的死靈——殘缺不全的身體、毀掉的容顏。

俄語交談聲開始在空中交雜，艾森等人也陷入某種恐慌，芬妮開始哭泣尖叫，看來大家都看得見盤踞在上方的死靈。

「絲妮克，別抖。」惜風按住絲妮克的肩，她已經哭得泣不成聲了。「妳跟那些鬼說，我們是來幫她們的。」

絲妮克顫抖著搖頭，她才不敢！

嘖！惜風只好改叫她教她怎麼說，因為她發現這些女生對英文不熟。她只是不懂，現在他們是來幫助其他還活著的女孩，為什麼會有……這麼龐大的怨氣？

小雪正忙碌著要把架子移開，忽然有個身影冷不防的出現在她身邊。

「小雪！」惜風大喝一聲，小雪嚇得往右方看去，那兒有個披頭散髮的女鬼，伸直了手要推她。

小雪反射性的伸出雙手一擋，結果是那女鬼往後彈飛出去！

惜風還丈二金剛摸不著頭腦，猛地感覺到身後有人一抓，接著聽到絲妮克大喊

「NO」，可她完全來不及反應就被往後拖拉，甚至被拉離到半空中，直接往剛剛那面鐵牆扔過去。

「呀——」惜風重重撞上那面鐵牆，頓時痛得彷彿脊椎斷成好幾截，接著又摔落地面，惜風只覺得眼前一黑，差點昏厥過去。

「惜風！」都已經把架子拉開的小雪衝了過來，拍拍她的臉頰。「惜風！妳沒事吧！看著我！」

小雪非常慌亂卻不敢隨便移動她，深怕她撞傷了脊椎，要是移動不當，反而導致終身癱瘓就麻煩了。

「……門……開了嗎？」惜風痛苦的皺著眉，緩緩的開口。「先去開門。」

「妳沒事厚？」小雪再問了一次。

「沒事。」再有事也死不了。

小雪一咬牙，跳起身再往鐵架那邊衝，絲妮克抱著鐵架一直在哭，惜風可以聽見慌亂的逃竄聲，看來艾森他們似乎被逼著跑離鐵捲門邊了。

小雪往前跑到一半，被黑暗中衝出來的芬妮撞個正著，兩個女生摔成一團，死靈充斥在這個空間裡，已經跟人一樣落於地面，甚至由後抓起芬妮，往惜風這邊扔過來。

「哇！」惜風頓時清醒，行動力驚人，趕緊坐起身往旁邊移動，看著芬妮砰磅的撞上鐵牆，慘叫出聲，又咚的摔到地面。

這會不會太狠啊！

「住手！我們沒有加害妳們！」惜風衝著忿怒的死靈大喊著，「不是我們殺妳們的！」

總不會只要進入這個倉庫的都是混帳吧？還是因為是小雪開的門？

三個死靈朝著她走來，她們清一色穿著細肩帶背心，但是有一個肋骨處已經沒有皮膚，露出一根根血紅的骨骼，另一個胸腔幾乎被挖空，剩下的那個雖然全身完好，但是七孔流血。

『痛……』女人們用英語說著簡單的單字，『我會痛——』

伴隨著嘶吼，她們竟然把芬妮給攫起來，二話不說扯下她的手臂，大量鮮血頓時湧出，噴灑了惜風一身。

「哇啊啊啊——」芬妮發出驚恐的慘叫聲，在偌大的倉庫中迴響著。

腳步聲停了下來，其他在逃躲的人們倉皇著藏匿身形，保持安靜，就怕成為死靈的下一個目標。

惜風完全來不及阻止，只能看著更多死靈加入，扯下芬妮的手腳、拔下她的頭、把她活生生撕成一塊一塊，彷彿滿載著怨恨一般。

這已經沒有理智可言了。

『我要去美國跳舞的！』

『我可以去美國找我姊姊的！』

『我明明可以去加拿大當褓姆——』

每一個女孩都瘋狂的撕扯著芬妮，嘴裡喊著流利的英文。

為了夢想而努力學習的語言。

但夢想卻已經殞落。

第六章 逃奔

惜風別過頭，她不喜歡看人被撕成一塊塊的模樣，她幾乎確定這是販賣人口的交易，殘缺的身體代表著器官的販售，有心臟、肝臟跟腎，這些懷有夢想的女孩們興奮的找人蛇集團幫忙，繳出護照，然後走上了無法回頭的路。

被賣去當妓女的、被當活體動物宰割的，身上每個器官都能販賣，人蛇集團利用支撐她們的夢想摧毀她們。

有厲鬼回首睨了她一眼，卻沒有動作，因為這些厲鬼不可能碰觸她。

小雪跟絲妮克在一起，幾乎是鬼不近身的狀態，看來小雪準備的那一堆護身符中有一些具有效用，而華瑞克他們也很聰明，一見到這裡有太平空間，立刻湊一腳，幫她把鐵架子移開。

艾森率先把隱藏在後面的門推開，那門跟牆是連在一起的，得用鑰匙先撬出一個縫才行，傑德祭出瑞士刀幫忙，滿手鮮血的女鬼們才撕完芬妮，立刻往艾森他們衝去，小雪一個箭步上前，果然又擋住了那群女鬼。

她們害怕小雪身上的東西，小雪還把護身符拿出來威脅厲鬼們，但是這麼多人也不可能一一顧及，好幾隻亡靈扣住了華瑞克的手臂，將他往後拉扯。

「哇啊——」他驚愕的慘叫一聲，絲妮克見狀，即刻衝上前，拉住了他的手。

「放手——放手！」絲妮克哭喊著，但正牌女友夢妮卻選擇更加貼近小雪，完全沒打算伸出援手。

小雪拿起身上一個護身符奔向絲妮克，先扯住她的身子，再借力抓到華瑞克的手，把護身符套上去。

同一時間，艾森一腳踹開門，沖天臭氣竄了出來，連小雪都忍不住乾嘔。而亡靈們卻忽然蹙眉，鬆開了扣住華瑞克的手，瞬間四散。

沒有厲鬼接近惜風，她撐著牆面站起，可以感受得到在她的上方有什麼存在。

『妳就是死神的新寵物啊？』

惜風沒有答腔，看著其他人在小雪手電筒的餘光中往那扇門鑽去，小雪回身跑過來，要扶她一起進去。

「你不解決這些死靈嗎？」她沉靜的說著。

『這麼有趣的事，不急。』一樣是男人的聲音，祂咯咯笑著。『這些鬼的怨恨未了，帶走也是很麻煩。』

「她們恨錯人了。」惜風直起身子，「你不介意的話，我想離開了。」

『呵……』笑聲低低的傳來，『真有意思，祂對寵物總是很溺愛，只是不知道這次的限度在哪裡……』

「限度？」惜風聽到了詭異的詞。

『死神的喜愛不會是永久的，如果我是妳，我會打聽一下之前的寵物怎麼了。』

之前的寵物？所以她並不是什麼唯一、難得、好不容易遇上的人，虧死神還可以用這一堆冠冕堂皇的理由，完全不願意放手！

惜風回首往上看，想繼續問話，卻發現俄羅斯的死神已經消失，同時間，鐵捲門竟哐啷哐啷的自動捲起了。

「惜風？」小雪很客氣的站在離她一公尺的距離，用惴惴不安的神色望著右上方。

「祂走了。」在剛剛的空間裡，小雪啥都看得見。

「哇喔，很可怕的壓迫感，雖然只是一團黑黑的東西，可是……直覺叫我不要靠近。」她咬了咬唇，冷汗涔涔。「妳能走嗎？我們找到出口了！」

「我比較喜歡那、個出口！」惜風指向鐵捲門。

華瑞克左臂嚴重受傷，鮮血如注，部分地方簡直是血肉模糊，可是跟惜風腳邊那一堆碎塊比起來好多了，至少他的命還在。

絲妮克哭著拿出手帕想幫他包紮傷口，卻不知道從何包起。

然後，隱藏的門口衝出一群少女，她們穿著單薄的衣服，一個個往門外跑，又哭又叫的。

「是販賣人口……這些女生是商品。」艾森摀著鼻走出來，「裡頭有兩三個女孩已經餓死了。」

「今晚八點要交易。」小雪冷不防爆出這句話，「就是要把她們賣掉吧？」

艾森擰著眉望向小雪，又看向她身後那一堆屍塊，不忍的別過頭。「我們必須通知警方，妳，必須一五一十的告訴我們為什麼妳會知道這裡！」

小雪緊抿著唇，只遲疑了幾秒，就從側背包裡拿出那本筆記本，簡單的告訴艾森是昨天那個死者給她的。

艾森往前一步，想要接過那筆記本，但是小雪卻下意識的收回。

「妳在做什麼？那不是屬於妳的東西，那是證物！」

「那等警察來再交給警方就好了。」小雪咬了咬唇，她有著莫名其妙的執拗。

「妳現在不給我們不是找麻煩嗎？」傑德口氣很差，「妳知不知道這會牽扯多大？」

牽扯多大？啊，惜風擰起眉，黑道、販賣人口、販賣器官，所以剛剛那些女人身上才會有殘缺！

「我們走！」惜風緊張的抓住小雪的手，「現在馬上就走！」

「什麼？」

「我們現在在販賣人口組織的倉庫裡，放走了商品，傑德剛剛打電話通知了警方……小雪，鬼我還可以擋，但是——人，妳要怎麼擋啊！」

惜風厲聲說著，聰明的小雪只思考了三秒，立刻明白惜風話中的嚴重性。

「王八蛋！」小雪扶著惜風往外衝，「絲妮克，走！快點離開了！」

「我、我也要走！」華瑞克忍著手傷，他是早就想溜之大吉的人。「早跟妳們說過，這裡碰不得！」

不過他們這時才發現那票逃亡的俄羅斯女孩竟然把艾森跟華瑞克的車都開走了，因為他們習慣把鑰匙插在車上，而小雪剛下車時把絲妮克的車鑰匙拔了下來，這是台灣人的好習慣——絕對不能把鑰匙放在車上，否則一定會被偷走啦！

「忘恩負義的混帳！」傑德拾起路邊的石頭，狠狠往遠處一扔。

其他女孩四處奔跑，也有人試圖坐上絲妮克的車子。

「不行、不行——」絲妮克搖著頭對她們說：「這輛車滿了！」

女孩們楚楚可憐的跪求他們，但也沒有辦法，現在七個人擠這台車已經很辛苦了，無法再坐下任何人！

「我們通知警方了，妳們在這裡稍等就可以了。」艾森解釋，但女孩們卻發出慘叫聲。

看來，她們對警方並沒有信心。

「走開！走開！」華瑞克冷不防的掏出槍來，嚇得女孩們花容失色，紛紛離開車子旁邊。

無獨有偶，艾森也拿出槍比劃，把車邊的女孩全都趕走，然後催促著大家上車。

看見槍，惜風心頭涼了半截，她一點都沒有比較舒服的感覺。

「絲妮克開車，我坐前面。」惜風主動要求坐在副駕駛座，因為這樣她要傳簡訊絕對會隱密得多。

「我來開吧！」艾森扳過絲妮克的肩頭，想要坐上駕駛座。

惜風上前以身擋住，絲毫不讓步。「我不會讓你主導我們，這是絲妮克的車，她是嚮導，我是付錢的人。」

艾森皺起眉，目光兇狠的瞪著她，彷彿在警告她讓開似的。

若不是華瑞克不耐煩的勸阻，拜託他們不要為這種小事僵持而拖延時間，黑道跟警方很快就會趕來，他們必須迅速離開才行，艾森才勉為其難的不再堅持。

後頭五個人擠得很痛苦，幸好有兩個女生骨架都小，但受傷的華瑞克需要較大的空間。

其實如果可以，絲妮克應該很想坐到華瑞克的身邊。

「專心開車。回莫斯科。」惜風說著，緊緊扣住絲妮克的肩。

她淚流不止的點了點頭，發動引擎時，女孩們還撲上車，央求再擠一兩個人，絲妮克咬著牙迴轉後加速，甩開了那些可憐呼喊的俄羅斯女孩。

她們每個都懷抱著美夢，去他國工作的夢想，最後卻落到被販賣的命運。

車子加速前進，兩排貨櫃組成的巷口突然站了一大票女性亡靈，絲妮克嚇了一跳，下意識的踩下煞車。

「加速！」惜風推了絲妮克一下，「不許煞車！」

「哇啊啊！」夢妮也看見了，驚恐的爆出一大串俄語，因為那些面貌猙獰的女人正迎面朝車子衝過來。

每個女人的頭都放大、再放大，可怕的臉龐正對著他們，絲妮克都嚇得快閉上雙眼了。

惜風深吸了一口氣，扯下手腕上的佛珠，她知道那些死靈的伎倆，勢必想要穿透車子，趁機傷害車裡的人——妳們很可憐，可是不能讓妳們得逞！

女鬼們張開血盆大口，伴隨著鬼哭神號，眼看已經在擋風玻璃前了。

惜風將手裡的佛珠往玻璃擊去，一股力量穿透玻璃，像爆炸波一樣的震開了疾襲而來的女鬼們，一般人肉眼瞧不見，但是惜風可以感受得到手裡佛珠的威力。

那是賀濂焱送她的護身符，她平常寄放在郵政信箱，必要時才會領回來。

效果不言而喻，只要認真想逼走鬼怪，絕對都能成功。

但死神可能屬於「神」，她沒敢試。

女鬼從側邊進攻，因為小雪就坐在裡頭，她身上那一堆威力也不容小覷。

「走了嗎？她們走了嗎？」艾森的聲線還呈現驚恐狀態。

惜風瞥了眼後照鏡，「暫時。」

「什麼叫暫時？」

「就是暫時！那些是鬼，你看見了，她們因為被害死，所以變得很殘忍！」小雪直接幫惜風解釋，「那是販賣人口耶，這種爛事情還是有人在做！」

她情緒有些激動，惜風先問著比較脆弱的絲妮克，再要小雪冷靜點。

「那些混帳只給女孩們一瓶水而已，把她們關在裡面好幾天了，所以才有人餓死！」這是剛剛絲妮克問出來的結果。

「有光明便會有黑暗，這世界上還是有許多我們看不見的可怕。」惜風回頭望著小雪，「有需求才會有供給，我們無法控制。」

小雪流下了淚水，夢妮趴在華瑞克胸膛上哭泣，艾森跟傑德緊張兮兮的注意著動靜，惜風請艾森把槍收起來，別搞得全車都很緊張。

「現在要去哪裡？」絲妮克抹著淚，刻意佯裝堅強。

「先開往莫斯科，我再想想……」惜風轉向正面，其實她可以從後照鏡看見車陣裡隱約的鬼影，那群女鬼並沒有死心。

她們很可能認定開倉庫的人就是販賣人口的主謀，畢竟他們擁有鑰匙。

她不會怪小雪做了這些舉動，事實上她也沒有強力的阻止。

因為那個死者刻意把東西給小雪，就是為了隱藏某些事情，至少一定是不想讓警方或是誰得到那本本子。

一開始她猜那個男人不願意破壞今晚的交易，但是鑰匙在他身上，讓惜風對男子的行為感到困惑。

是人都會好奇，小雪的正義感也比一般人強了些，當然也天真了些，可是跟她在一起很舒服；當小雪說拿到筆記本時，她不否認自己嚇了一跳，又說要去看看倉庫時，她突然有一種——果然是小雪的感覺。

她好奇、她想一探究竟，想知道是什麼樣的秘密，死也不願意讓人找到。

事實上，扯進這樣機車的事情，她保證小雪現在心裡絕對有喜悅的成分在，如果這時跟她吵，一定會得到「可是我們救了很多人」這樣的結論。

世界上還是需要這種人存在的。

她偷偷的拿出手機，盡可能用角度遮掩，才傳了簡訊給賀瀮焱，有槍的傢伙她一個都不信任，或許擁有槍枝在俄羅斯很平常，但她就是不愛。

「要不要去我們辦事處躲？」艾森提議，「好歹是辦事處。」

「有用嗎？」小雪倒是充滿質疑，「只是辦事處，又不是大使館！」

這簡直像一箭穿心一樣傷到了艾森他們，他聳了聳肩，只是辦事處又不是他的問題。

華瑞克接著提議了幾個地方，都是他熟悉又隱密的地方，小雪倒是很想回旅館，還說「最危險的地方就是最安全的地方」。

最好是……惜風才在想著，突然愣了一下，緊接著跟小雪一起「啊」的大喊一聲——

「游智緹！」

他今天一個人待在旅館，萬一有警察或黑道去找他，怎麼辦？

「手機！手機——」小雪慌張的說著，「可是他會開機嗎？」

「只能試試。」惜風趕緊撥打電話，這舉動驚醒了艾森，他也趕緊掏出手機打給Ivan。

結果都是無人接聽，直接轉入語音信箱。

漫漫長路在緊繃的氣氛下度過，沒有人知道如何是好，絲妮克扭開廣播電台聽了好一會兒，卻都沒有聽到關於倉庫血案——被分屍的芬妮，或是找到一群少女等等的報導。

隨著時間越久，惜風越覺得不對勁，似乎根本沒有發生這件事般。

小雪忍不住問起販賣人口的事情，才知道這件事檯面下還是有人在做，利用充滿憧憬跟異國夢的少女們，幫忙畫出夢想再將她們一一騙走；身體機能很好的，器官就取出來販賣，黑市交易熱絡不絕，再貴都有人願意為了命而購買。

漂亮的就成為妓女，一輩子翻不了身，所有的夢在交出護照那一瞬間破碎，更別說人蛇集團還會狠削這些可憐的少女一筆。

「太沒人性了吧！」小雪義憤填膺。

「我……我的姊姊……」絲妮克忽然幽幽開口，「可能也是這樣……」

「咦？」絲妮克的姊姊？

「她去年來莫斯科工作，一開始我們都還有聯絡，她說愛上了一個男人，想找機會跟他告白。」絲妮克哀怨的嘆了口氣，「最後一通電話是她約了那個男生吃晚飯，要我祝福她，然後我們就失聯了。」

「那個男生是誰？有報案嗎？」小雪很積極。

「不知道，姊姊沒說過，只知道她對他一見鍾情，是在工作場合中認識的。」絲妮克露出一抹苦笑，「報案也沒有用，我什麼線索也沒有，有人說可能被綁架了，也有人說她被賣掉了。」

惜風蹙眉，這的確是個已改變的蘇聯，但是還是有很多見不得人的事。哪一國都一樣，人們喜歡看光明幸福的那一面，陰溝內的事避之不談。

「所以我很注意妳。」絲妮克突然看著惜風笑，「因為我看見妳隻身一人，再加上單身旅客失蹤的案例也很多，所以我特別注意妳！」

噢……惜風覺得心抽了一下，原來絲妮克會對她如此熱心，有部分是因為投射作用。

當然她是熱情善良的，加上失蹤的姊姊可能已被誘騙販賣，所以她不想再發生一樣的事。

「謝謝。」惜風真心誠摯的道謝，也為這樣的話語感到難過。

或許如果有機會再看見俄羅斯的死神，她想幫絲妮克問問看她姊姊究竟是生是死。

「要到莫斯科了！到辦事處去！」傑德開了口。

「不，到我認識的人那裡去！」華瑞克完全不相信傑德。

「你認識的人龍蛇混雜吧？我知道你跟黑道多少有點關係！」艾森完全不想理睬，直接用中文說話。「范小姐，到台北辦事處比較妥當。」

「嘿，大家都在，用中文很沒禮貌耶！」小雪立刻糾正艾森，「如果真的會被追殺，要我選政治單位躲，白痴都選中國大使館好嗎！」

她話一出來，讓車上所有人的臉都出現三條線，真是有夠直白，可是老實說，這樣才能真的保證有效，而對方也一定會接受台灣人。

但是，大家少考慮到一個因素。

「我選教堂，我們去聖瓦西里教堂吧。」惜風語出驚人，做了一個讓大家跌破眼鏡的決定。

「教堂？妳以為黑手黨不會進教堂擄人嗎？」艾森簡直不可思議。

惜風轉頭瞥了他一眼，露出個詭異的笑容。「我在意的不是黑道。」

「喔喔！」小雪下意識的回首，往車子後面看去，眼界所及只有車子啦，是沒有什麼其他東西，不過如果惜風這樣說……

連華瑞克都打了個寒顫，夢妮抽抽噎噎的抓著他的衣襟，全身發抖。

半晌，艾森才吐出那個單字。「鬼？」

「YES！」惜風回答得很斬釘截鐵，「剛剛在倉庫看到的那些一路跟來，而且我覺得情況已經演變成一場誤會，死者覺得我們跟販賣人口有絕對的關係！」

「為什麼？明明我們還救了很多人！」小雪也不可置信。

「救了誰？」惜風指了指音響，「從剛剛到現在，我們一則新聞都沒聽到啊！」

沒有警方破獲人口販子集團、也沒有哪個倉庫出現屍體、更別說芬妮成碎塊的消息，都已經一個小時過去了，難道俄羅斯的新聞有這麼慢嗎？

「哈——囉！」小雪忽然使勁拍著駕駛座的椅子，「絲妮克，加速加速！」

「咦？」所有人不約而同往後面看。

好幾台黑頭車明顯往他們逼近，而且從三個車道拚命想超車，那態勢太明顯了！

「下交流道！下去！」惜風忽然大喊著，這是到莫斯科的前一個交流道，他們猛然從內線直接切外線，後頭一陣喇叭聲響。

但就是要讓對方措手不及啊！

結果車子一下交流道，那幾台黑頭車即刻跟上，完全不必思考，那的確是衝著他們來的！

一路飆向莫斯科，平面道路反而比較不塞。

「找到最近的地鐵站我們就下車！」小雪忽然大聲出口，「坐地鐵回紅場！」

「什麼？」夢妮尖叫起來，「你們瘋了嗎？有車子我們為什麼要坐地鐵！」

「無所謂，那妳負責開車，到時再到紅場跟我們會合或幹嘛都行！」惜風懶得爭吵，轉向絲妮克。「可以嗎？往人多的地方去？」

「但我的車……」絲妮克顯得很緊張，這是她的車。

「有機會再回來拿。」惜風只能這樣安慰她。

小雪的策略是躲進地鐵站，人這麼多總是能爭取時間，夢妮再不同意也沒辦法，因為華瑞克沒有要陪她開車的意願。

所以他們一路閃躲到莫斯科，找到最近的地鐵站，車子直接扔在路旁，就疾速往地鐵站裡衝。

莫斯科的地鐵站很特殊，非常的美，一道道拱門在眼前，富麗堂皇，金黃色的水晶吊燈懸掛在上方，還有許多壁畫跟油畫，簡直就像是個宮殿兼博物館，雕像就立在旁邊，如果有時間的話，惜風會想好好的觀賞一番。

如果有的話。

現在他們只覺得為什麼地鐵這麼的深，深到搭手扶梯都得花三分鐘才能抵達，然後大家沒命的跑、買票、穿過人群。他們唯一能夠慶幸的就是現在身邊有俄羅斯人、也有辦事處的人員，至少不必擔心被警察刁難。

衝進地鐵車廂時，他們還心有餘悸的擔心被追上。

不過沒有人注意過後頭到底有沒有人追趕，甚至也不能證實是不是自己嚇自己。

每個人都上氣不接下氣，惜風的背還是有點痛，找了個角落蹲了下來，絲妮克在計算還有幾站要轉線什麼的，有嚮導在，其他就比較不需要擔心。

「惜風妳還好嗎？很痛嗎？」小雪憂心忡忡，「對不起，這次又是我害的對吧？」

「小雪，說再多也無濟於事。」惜風制止她的自責，「現在的狀況，總比妳一個人去倉庫好。」

「我……」她睜圓了雙眼，連反駁的能力都沒有，因為她還真的有可能會自己跑去筆記本上的地址看看說。

惜風想趁機聯絡賀灝焱，她把斜背包挪到身前，打算拿出手機時，不小心勾到了某個東西，跟著滾出包包。

「啊！對不起、對不起……」小雪先說了道歉，因為那東西直接滾到大家的腳邊，哐啷哐啷……哐……

小雪傻住了，惜風因為專心查看未接來電紀錄而沒有注意到任何不對勁。

沒有任何訊息？他還在生氣？她都寫救命了是想怎樣啦！

「惜風……」小雪抓住了她的手臂，「那個……昨天不是賀帥哥拿走了嗎？」

惜風不明所以，順著小雪的眼神望去，從她包包裡滾出來的，是那個豔麗無雙的俄羅斯娃娃。

惜風驚訝得說不出話，她瞠目結舌的看著大手拾起那紅色的俄羅斯娃娃，華瑞克的表情也很驚訝。

「哇，好漂亮，妳買的嗎？」他把玩著那娃娃，「好精緻啊！」

小雪跟惜風都無法答腔，她們互看了一眼。是啊，昨天賀灝焱明明把它拿走了，為什麼現在會在她的包包裡！

「噢！很美吧！我昨天看到時也覺得好特別！」絲妮克還上前答腔，「她說是紅場外的小販賣的，我沒見過工藝這麼好的！」

「是啊，跟一般的不太一樣，很貴嗎？」華瑞克問著惜風，她一顆心都快凍結了。

「不、不貴……」她這麼說著，眼界所及的乘客中，出現了腐爛的雙腳。

女人纖細的小腿夾在乘客當中，發膿腐爛，蛆在上頭鑽來鑽去，一個接著一個的擠在乘客身邊，她們打著赤腳，腳上也全是血，趾頭均已磨破，開始往他們靠近。

「絲妮克，我們到了嗎？」

「下一站。」絲妮克抽空回首，跟華瑞克他們熱烈的討論那只不該出現，卻吸引所有目光的俄羅斯娃娃。

小雪望著的是另外一頭，她也注意到了，急忙拉起惜風，往門口邊擠。

小雪一站起來，那些腐爛的腳就不敢移動，似乎相當畏懼小雪的樣子，目前說來，她真是個萬能護身符。

「快點！」小雪使著眼色，要大家靠近，接著搶過俄羅斯娃娃，塞還給惜風。「門一開就衝！」

「怎麼了？」夢妮連聲音都在抖。

「那個。」小雪左右轉著眼睛，他們是瞎了嗎？

哪……艾森才一回頭，就看見隔著兩個正妹的後面，是另外一個灰慘慘的正妹，他嚇得往門邊靠近，定神一瞧，才發現他們這節車廂，曾幾何時也站滿了「其他的旅客」！

如果願意從鏡子裡看著自己，在地鐵飛快的前進時，車廂玻璃窗的倒影可以清楚映出這個世界，和那個世界所有的東西！

門一開，他們發狂似的往前衝！

但是下車的人很多，上車的人也多，加上莫斯科地鐵一分鐘就一班，實在沒有太多時間讓大家爭先恐後。

惜風他們衝了出來，後頭的人魚貫而出，一眨眼門就要關了，他們望著車廂裡那一雙雙忿恨血紅的大眼，心臟幾乎都要停了。

「為什麼一直跟著我們？」絲妮克牽著小雪哭了起來，「為什麼——」

「我……」小雪搖了頭，「對不起……」

車子疾速的啟動了，車廂一節節飛掠，惜風不覺得她們會就此善罷甘休，相信這一次大家不會再反對躲進聖瓦西里教堂了吧？

轉頭要往外走，惜風卻在前頭的拱門邊看見了一抹黑色的影子。

咦！她才倒抽一口氣，瞬間就聽見刷啦的聲音自正後方傳來。

惜風倏地回身，這動作嚇了大家一跳，因為她走在最前面，卻做出誇張驚駭的動作。

死意的聲音！她望著身後的小雪、絲妮克、華瑞克、夢妮、艾森跟傑德……傑德站在最後面，靠近月台邊緣的地方，而掠過的地鐵——

「前進！傑德！往前跑！」惜風大聲說著，情急之下她喊的是中文。

傑德驚愕的望著惜風，卻下意識回頭看發生了什麼事。

車廂裡鑽出了無數雙滿目瘡痍的手，女人們的尖叫與地鐵快速行進的聲音合而為一，緊緊扣住傑德，把他往後拖。

在外人看來，他就像是一個重心不穩的人，往後踉蹌兩步——腳就卡進了月台間隙，直接掃到正在離開的地鐵，瞬間被捲了下去。

「呀——」尖叫聲頓時響了起來，鮮血如同打果汁時忘了加蓋一樣，噴濺得到處都是。

剛剛那黑影，是俄羅斯的死神！

「走……走！」惜風使勁拉過小雪，「快走！」

「傑德……」艾森本來還呆愣在原地，看到惜風等人往前奔跑，才邁開步伐跟著往前衝。

列車往前行駛後沒多久緊急煞車，輪子裡捲著傑德的每一部分，他唯一忘了帶走的，是遺留在月台上的頭顱。

捲下去的那一瞬間，頸子撞上月台邊緣，瞬間的強力將之撕扯下來。

地鐵站亂成一團，惜風等人已經趁亂逃了出去。

女人們望著輪子下破碎的屍體，緩緩看著跑在最後頭艾森的背影，挑起一抹笑。

沒有一個人，應該放過。

第七章

血腥公主

找尋出口是需要時間的，他們在美輪美奐的地下宮殿中奔跑，但人實在太多，要保持一列非常困難。

惜風一手抓著手機，一手抓著來不及放進包包裡的俄羅斯娃娃，真想要立刻把它丟掉。

才想著，垃圾桶就出現在前方！

「往出口去！我去丟個東西！」她回頭向小雪說。

「那個……能丟嗎？」

「不管！」她把小雪推開，往右斜前方的垃圾桶走去。

那垃圾桶在拱門下，她疾步走向拱柱，穿過拱門，舉起俄羅斯娃娃要丟進去時——

周遭突然靜了下來。

咦？惜風錯愕的回過身子，看見的依然是富麗堂皇的地鐵站，但是、但是人呢？剛剛那些蜂擁人潮怎麼全部都消失了？

『妳可以放開我了！』手上的俄羅斯娃娃冷不防的開口，嚇得惜風鬆開了手。

俄羅斯娃娃摔落地面，但是沒有摔壞，而是瞬間成了昨夜在鏡裡看到的妖豔女人！

她現在穿著的是貴族般的傳統服飾，身上全是珠寶飾品，用一種倨傲的神情望著她。

糟糕！她進入某種幻境了嗎？

『想知道他在哪裡對吧？』美女用標準且做作的英語腔說話，『黑道在哪裡？那個男人在哪裡？』

「我不會為這種事許願的。」惜風試著再穿過一次拱門，無效。「我要離開了。」

『妳已經許了！』美女笑著說，『昨晚那個男人說對了，妳一秒鐘閃過的念頭——』

「並不代表我向妳許願。」惜風不耐煩的打斷她的話，「找別人好嗎？我不需要許什麼願！」

『對我來說，妳已經許了。』美女才不管她說什麼呢，『妳真是我遇過最有趣的許願者了。』

她一點都不覺得有趣！要怎麼離開這裡？俄羅斯的死神在嗎？喲呵！

美女雙手一張，拱廊的空間頓時產生變化，拱廊外框變成雕飾繁雜的邊框，上頭鑲有奢華的飾品，一顆比一顆還大的寶石，她不會分辨是真是假，只知道相當華麗。

一共二十四顆，耀眼非常！

『看，在追你們的黑道不知道你們在哪一站下車，但是剛剛有個人變果汁了，他們很快就會知道。』美女往眼前的空間一點，竟出現像監視器一樣清楚的畫面，是一群高大的人在奔跑。

而且還有畫面分割，依序出現了紅場裡各個角落，裡頭有帶著無線電的黑衣人，還有一些警察，遍布在整個紅場內。

『至於妳惦記的那個男人呢——』美女自豪的又點了一下，『在這裡！』

鏡子沒有變化。

美女面露不解，惱怒的再用力一點，結果還是什麼都沒有。

這下換惜風挑起笑容了，「我想妳不必太勉強，總是有能力不足的地方。」

『什麼能力不足！我這窗子可以看得見世界上任何一個角落！』美女咆哮著，『我明明可以找到每一個人！』

窗子？這是窗戶嗎？

「那俄羅斯的死神在哪裡？」惜風淡淡的問著，那女人怒眉一揚就要往窗子點下——

瞬間，她僵住了。

『死神？』那女人狐疑的重複。

「我有事找祂。」惜風肯定的點頭。

『呵呵呵……哈哈哈哈！我會傻到讓妳找死神嗎？』美女不客氣的指向她，『妳死後的靈魂是歸我的！我要出來！我要自由！』

惜風微皺起眉，這個正妹搞不清楚狀況，前提是要她真的能死才行啊！

「我許的願妳幫我達成，我的靈魂就屬於妳嗎？」她現在全用猜的，用之前看到的那八個女人鬼魂去猜的。

『當然，因為我完成了妳的願望。』美女緊握著拳，『我等了九百九十九年啊……』

「真漫長。」惜風直接走近，「這跟魔鏡一樣嗎？請問——俄羅斯的死神在哪裡？」

『呵……這個鏡子只有我能驅動，是我的寶貝。』美女逼近了惜風，『不要違背妳的承諾，完成願望後，妳就得放我出來。』

基本上，遇到有邪魔這樣威脅時，她百分之一千不可能把她放出來。

而且，她沒有許願！

「妳還知道什麼？關於那些女鬼？」惜風問美女，「為什麼跟妳許願的女人死狀會跟被販賣的女孩們一樣？」

美女不屑的笑了聲，一副商業機密的樣子。

『我只是免費奉送妳一些資訊，而且不許再想要丟掉我。我們之間的契約已經訂立，無論如何我都會回到妳身邊。』

「為什麼要送我資訊？我死了不是正合妳意？」

『願望還沒有完成。』美女微微一笑，『沒完成前妳不能死。』

「我不記得我有許願。」

美女只是笑著，笑得既驕傲又喜不自勝，笑得讓惜風困惑不解卻很想把她的笑臉撕掉。

下一秒，美女衝上前，使勁推了她一把——惜風向前撞上窗子，卻穿了過去。

「惜風！」有人抓住她的雙肩，聲音大到她差點耳鳴。

她眨了眨眼，望著手裡還緊握著的俄羅斯娃娃，左手握著的手機，回身看向扶著他的人。

賀灝焱。

「你……是死到哪裡去了！」她火氣突然上來，直接往他身上搥去。「我傳簡訊打電話都——」

「會被追蹤，我不能回妳。」他自然的制住她的雙手，「我還把妳同學帶出來了。」

游智禔尷尬的站在賀濔焱身後，一臉狼狽慌張。

華瑞克注意到惜風停了下來，大家也一窩蜂的衝過來，不過沒有什麼說話的時間，因為傑德的死會引起騷動，他們必須趕快離開！惜風斬釘截鐵的確定部分警察跟黑道有掛鉤，所以他們必須去找安全的地方。

憑藉著剛剛在鏡子裡看見的影像，她說出了不能去的地方，然後由專業的嚮導評斷出最適合的路。

因此他們選擇從離紅場最遠的出口離開，一路迂迴輾轉，隨著人潮潛進紅場，然後一骨碌溜進聖瓦西里大教堂。

觀光客依然很多，所以他們躲到一旁，假裝是其中之一，至少女鬼們不會跟來。

至此，大家才有空「分享」這幾個小時的經歷。

事實上中午惜風她們前腳才走，賀濔焱後腳就來了，還沒到房門口就看見揹著背包走出來的游智禔，自然覺得他單獨行動很詭異，便上前攔他，游智禔倒是沒有什麼好口氣，但仍舊表明是要去追惜風她們。

賀濔焱大方的表示自己有車，願意載他，他也有事要找惜風，因為昨天那個俄羅斯娃娃不見了，貓也不見了，昨夜根本白忙一場。

結果才到大廳，就看見一群人往飯店走來，雖然個個西裝筆挺，好似紳士，但是賀瀶焱一眼就看出煞氣重重，更別說每個人身上都攀附著一堆死靈，而那些死靈渾身彈孔。所以他一把將游智禔推進附近的男廁，嚇得游智禔花容失色。

「誰嚇到了！」游智禔紅著臉趕緊辯解。

「他怕你要出櫃！」華瑞克還有空開他玩笑。

「他們手上還拿著小雪的照片，我想八九不離十是來找你們的，接著我也接到關心電話，對方問我在哪兒，所以我就把 SIM 卡扔了，也不敢去開車，只得拉著游同學在紅場的教堂裡晃。」賀瀶焱微蹙起眉，「前一天的兇殺案不單純，不過他們為什麼針對目擊者，我還搞不清楚。」

餘音未落，所有人看向了小雪。

「雪同學，妳這次收了什麼？」上一次收瓶香水轉送給惜風出了事，這一次又搞什麼？

「我不是刻意收的啦！」小雪咕噥著，惜風嘆口氣，簡單的把小雪拿到死者遺物的事情講了一遍，連同倉庫裡的女孩們、被撕碎的芬妮及傑德的慘死輪下。

「我才覺得奇怪，為什麼地鐵站的怨氣這麼重，原來是追著你們來的！」賀瀞焱說得理所當然，這讓艾森、Ivan 跟華瑞克顯得很緊張。

不過也正如此，他才選擇拉著游智禔下地鐵去。

「有可能嗎？就因為是小雪開啟倉庫門？」惜風用手肘頂了頂小雪，「鑰匙呢？」

小雪從口袋裡拿出那把鑰匙，一瞬間黑霧重重，那把鑰匙在賀瀞焱眼裡是黑紅色的啊！

「這是教堂，鬼魂進不來，但怨氣散不掉。」他搖著頭，「被販賣的恨、死亡的痛全部附在上頭了。」

想出去的心讓她們陷入狂亂，死亡後都往鑰匙孔鑽，那是對外唯一的出入口，當代表的「解救」或是「載運」的鑰匙插入時，所有的痛與怨都被吸附上去了。

小雪聞言，不禁質疑自己該不該把鑰匙給丟了。

「喏，給你保管。」她皺著眉，把鑰匙遞給賀瀞焱。

「各人造業各人擔。」他挑了眉，沒好氣的把她的手推回去。「您好好收著吧，雪同學！」

小雪如喪考妣的皺著眉望向惜風，她輕哂，接過鑰匙放進自己口袋裡。

她不會死，對吧？

隨著時間越來越晚，觀光客越來越少，這讓絲妮克開始侷促不安，因為萬一有人進來搜查，他們一行人很顯眼的。

「再來，說說這個吧！」趁空，惜風拿出那美麗火紅的俄羅斯娃娃。「它為什麼回來了？」

「問得好，它不見了，貓也不見了。」賀瀼焱雙手一攤，「我鎖在保險櫃裡都會跑！」

「你把貓鎖在保險櫃裡？」小雪驚呼出聲。

她立即遭到一記白眼，賀瀼焱真想剖開她的腦子看一下構造，怎麼天才跟智障可以共存在一個身體裡呢？

「這俄羅斯娃娃怎麼了嗎？」游智禔也記得昨晚賀瀼焱帶走這個娃娃，為什麼現在又出現在惜風手上了？

惜風把在地鐵站裡的事說了一遍，妖異的女人，二十四顆寶石的窗子，也證明了為什麼她能確定地面上哪些路不能走，哪些是沒有人守候，大家方能順利的暫避聖瓦西里教堂。

俄羅斯人聽得是一愣一愣，艾森跟 Ivan 都覺得有點扯，但現在什麼都經歷過了，好像沒什麼好質疑的，但是……妖豔的女人？窗子？方位？

「啊！」游智禔啊了好大一聲，引起附近觀光客的注意。

「噓——」立刻引來大家怒目瞪視，他是怕不夠明顯嗎？

「對不起啦……」游智禔趕緊用氣音說著，「我只是想到俄羅斯娃娃的傳說。」

「傳說？」絲妮克歪著頭，「不就是一個男孩去牧羊——」

「不不，是另一個！」游智禔連忙搖手，所有人都專注的望著他，俄羅斯娃娃有幾個傳說啊？

在過去某個年代，有位擁有絕世美貌的公主，她既驕傲又殘忍，而且嚴重自戀，她貪戀著鏡子裡的自己而不願意結婚，但國王卻希望公主能嫁人，否則她就不能成為俄羅斯女皇。

後來這位公主勉為其難的答應，但卻說要用類似招親的方式，不管對象是貴族還是平民，只要能在躲在城鎮裡，三次都不被她找到，她就願意嫁給那個人——但是，如果被找到，那人就必須被五馬分屍。

即使這種招親方式殘忍又不公平，還是吸引了許多貪圖公主美貌與地位的男子，他們都覺得城市這麼大，公主怎麼可能能輕易找到他們？但是，這位妖異的公主擁有一面鑲有二十四顆魔法石的鏡子，能夠看見世界的任何一個角落。

結果，她殘忍的殺光了所有求婚的男子，甚至將他們的頭顱掛在花園的樹上當裝飾品；直到某天有位年輕人前來求婚，他隨身帶了一個很漂亮的娃娃……也就是俄羅斯娃娃，年輕人三次都順利過關，公主從鏡子裡找不到他。

就在舉國準備婚禮時，公主出面邀未來的丈夫去人頭花園賞花，趁男子吃驚，用鐮刀砍下他的頭顱，她就是不嫁！鮮血立刻從頸口濺灑了公主全身，可是男子的頭顱竟然未死，並且對公主下了詛咒——她必須被封在俄羅斯娃娃裡九百九十九年，每隔一百一十一年實現一個人的願望。

公主身上的血珠瞬間變成了刀片，一片片、一層層將公主活活肢解，而公主的靈魂因此被割成了九片、鎖進男子攜帶的九層俄羅斯娃娃裡。每一層娃娃都鎖著公主的一片靈魂，唯有在適當的年代幫助一個人完成願望，她的一片靈魂才能被釋放。

爾後，這個被詛咒的娃娃流落在外，跟其他俄羅斯娃娃一起出售，直到失去下落為止。

小雪忍不住打了個寒顫，不知道為什麼，在教堂裡講鬼故事，她一點都沒有覺得比較心安。

「我沒聽過這樣的俄羅斯娃娃故事！」華瑞克跟夢妮都很驚訝，多麼的血腥與殘忍啊！「我們的都是單純對娃娃許願，讓情人回來等等……」

「也可以這樣對這只娃娃許願啊，只是我看到許過願的女人下場都很慘。」惜風看向賀瀟焱，「你覺得這個傳說是真是假？」

「那要看妳見到的那面鏡子上到底有幾顆寶石了。」他凝重的說。

靠，二十四顆！

「看來我應該是第九個。」惜風深吸了一口氣。「俄羅斯到底哪裡安全了？」

「這是無稽之談吧，不過就是個娃娃。」華瑞克冷不防的一把抽過俄羅斯娃娃，「路邊攤買的不是嗎？不可能有這種事！」

「我也很希望。」惜風由衷的說著。

她嘆了口氣，跟賀瀟焱互看一眼，現在有枉死的女孩、爭著要筆記本的黑道，她不知道……該怎麼做？

人跟鬼，該先解決哪樣？

「喵！」率先回答的是牠。

貓叫聲在腳邊響起，不管是賀瀟焱、惜風、小雪或游智禔全部都僵在原地。

不會吧……賀濎焱低首一瞥，那隻銀灰色的貓真的仰著驕傲的小腦袋，望著他們。

「我覺得這隻貓比俄羅斯娃娃更讓我毛骨悚然！」小雪抖著音說，還邊跳到另外一邊去，誰叫那隻貓在她腳邊蹭。

「哇，好美的貓！」夢妮倒是有興趣了，她蹲下身，朝著貓伸手。「來來！」

結果那隻貓完全不甩，用不屑的眼神瞥了夢妮一眼，只前進兩步，便偎到了賀濎焱腳邊。

「是俄羅斯藍貓，很高貴的品種。」華瑞克雙眼一亮，惜風感覺他似乎有一定的品味，喜歡精緻美麗的東西……包括女人。

「俄羅斯藍貓？」賀濎焱受不了牠一直蹭，彎身把牠抱了起來。

「嗯，已經很稀少的品種了，看看牠的毛色，藍色的毛一根根直立著，看起來像絨海。」華瑞克趨前，想要撫摸貓咪。

結果俄羅斯藍貓突然低吼一聲，衝著華瑞克咧出利齒。

「你身上有鬼的味道。」賀濎焱望著他的左臂，「被厲鬼所傷嗎？」

華瑞克蹙眉，到現在還疼得要命！

「這種貓優雅又高貴，全身都是藍色的毛，價位很高。」艾森看來也略懂這種貓，抑或是在俄羅斯，都滿瞭解他們的特有品種。

「藍色？」游智禔瞇起眼，左看右看。「我怎麼看都是銀色啊！」

「那是因為毛尖是銀色。」Ivan 低低的笑著，「仔細看就可以發現，毛全是藍色，但毛尖都是銀色，所以才有有種光澤感。」

更加增添了牠華麗高貴的氣質！賀濡焱點著頭，他完全瞭解這隻俄羅斯藍貓是如何的昂貴或是特殊，問題是——牠一直跟著他們是做什麼？外加來無影去無蹤，是有人養的嗎？

至此，他才注意到貓頸上的項圈，還有塊牌子。

觸及金色牌子時賀濡焱嚇了一跳，這該不會是純金的吧？翻過來一瞧，沒有地址也沒有名字，他搖了搖頭。

「有人進來了！」Ivan 忽然低聲警告，旋即往一旁走去，混入某個觀光客群。

門口走進一堆黑衣人，賀濡焱立即摟過惜風也往教堂前方走去，小雪跟絲妮克蹲下來假裝綁鞋帶，游智禔慌張的只得隨便亂鑽，華瑞克跟女友早不知躲到哪裡去了。

「牌子上有寫東西對吧？」惜風狀似親暱的被摟著，剛剛就看到賀濡焱的眼神有異，逕自伸手往貓頸圈下的牌子探去。俄羅斯藍貓沒有拒絕，頭還在她手上蹭了蹭。

金色的牌子上刻著，「FOR SAVE U」。

「我以為我掩飾得很好。」

「是很好，但是我還是看得出來。」惜風有點得意的笑著，「你頓了零點一秒。」

「噢，真細膩敏銳。」賀濡焱笑了起來，「好像很瞭解我一樣。」

他們跟著人群一路到了前方，小心翼翼的鑽進觀光客裡，黑衣人在教堂裡搜尋著，也不知道其他人現在怎麼樣了。

「為什麼不說？」

「我不相信其他人。」賀濡焱老實開口，「我覺得有蹊蹺。」

「小雪跟游智禔是我朋友。」他若連他們都懷疑就太超過了。

「蘇子琳也是妳朋友。」這是標準的哪壺不開提哪壺，之前去韓國時有位同行者是她過去的麻吉，誰知道搞到後來還捅了她心臟一刀。

「那不一樣，小雪你又不是不知道，游智禔就、就是那樣，跟我沒什麼利害關係。」她皺起眉，「再說，絲妮克這麼幫我們卻被捲進這件事故，懷疑其他人就算了，就這幾個不行。」

「游智禔喜歡妳，眼睛都快燒起來了！」賀濡焱刻意將她摟得更緊，「如果看見我這樣摟妳，可能會想殺人。」

「別跟小雪一樣瞎起鬨。」她咕噥著，「艾森他們是你帶來的人，那不是我朋友。」

「我只是因為要去救你們才找上他們，但是……為什麼你們會在一起？」賀灝焱覺得最大的疑點在這裡——為什麼會突然跑出一堆無關緊要的人，大家全湊在一起？

小雪去找倉庫這件事情有可原，就是好奇嘛，如果是她說不定也會這樣做，但是華瑞克跟夢妮？艾森跟 Ivan 他們？這太匪夷所思了！

惜風的解釋是：因為路上絲妮克向華瑞克問路，他覺得不妥才找過來，艾森則是跟蹤他們，所以最值得懷疑的，應該是艾森那夥人！

「反正都在同一條船上了，現在死亡的女孩把帳推到我們頭上，黑道在找那本本子……」惜風瞥了一眼燭火區，「把筆記本跟鑰匙藏在這裡如何？再跟黑道說我們扔了？」

「這樣會害死更多人，誰撿走誰倒楣。」賀灝焱餘音未落，懷間的貓突然縱身一躍，跳走了。

「欸……」惜風回身，那隻貓落地後竟然還回頭看著他們，像是在叫他們跟牠走。

為了拯救你？惜風跟賀灝焱忍不住對望一眼，然後沒有猶豫的壓低頭，跟著貓往門口的方向走，接著離開。

游智禔注意到他們隨即跟上，看著賀灝焱緊摟著惜風他就是不順眼，縮在角落的絲妮克也眼尖注意到他們，拉了小雪趕緊追出去。

他們跑出聖瓦西里教堂時，紅場上已經人煙稀少了，這代表他們被找到的機會提高了。

而且已經入夜，鬼魅們開始活躍，紅場上幢幢鬼影開始閃爍，不一定是那些被殺掉的少女，還有著更多穿著軍服、或是年代久遠的鬼魂。

「別再看了，走！」賀灝焱急忙硬摟過她的肩頭往前追，那隻俄羅斯藍貓跑得可不慢啊！

小雪呼出一口又一口的白氣，入夜後溫度很低，她也注意到廣場上奇怪的影子，游智禔倒是沒有注意，只管往前走。

貓沒有跑多遠，直接進入了耶穌復活大教堂。

「對不起。」門口有人攔住了他們，「我們七點閉館，六點起禁止進入。」

惜風望向手錶，已經六點四十了。

眼看著俄羅斯藍貓已經進入教堂，怎麼牠就能這麼大搖大擺的進去呢？才在想怎麼辦之際，賀灝焱突然從口袋裡掏出像是護照還證件之類的東西，對方只看了一眼，立即睜大雙眼，恭敬禮貌的讓開。

惜風萬分狐疑的被他往裡頭拉，小雪也暗暗哇了一聲，敢情賀帥哥是什麼有頭有臉的人物嗎？

「那是什麼？」她想看，賀濔焱只是更快的收起。

「可以讓我們進來的通行證。」他神秘一笑，「噓。」

什麼啊！惜風咬著唇，需要這麼保密到家？

她知道賀濔焱在另一個世界頗有名氣，連韓國的什麼巫師家族都知道，但這裡是俄羅斯耶，勢力有這麼大嗎？

但他不說，她也不問。

耶穌復活大教堂非常的壯麗，上頭也有五光十色的洋蔥屋頂，典型東正教建築風格，輪廓美麗，裝飾五彩斑斕，如果是白天，可以在陽光下看見那洋蔥頂閃閃發光。

可惜現在是晚上，也沒人有心情欣賞。

他們五個人跟著俄羅斯藍貓進入教堂，裡面更是令人咋舌，牆壁鑲嵌了複雜豔麗的彩色磁磚，如童話故事般的馬賽克風格，簡直令人眼花撩亂，目不暇給。

小雪還有空翻出相機，想要抓緊時間拍攝。

「妳還有時間拍照啊！現在是觀光時間嗎？」游智禔忍不住推著她往前走，「快點走啦！」

「那我用錄的！」她趕緊轉動功能盤。

「錄個頭啦，這是重點嗎？」游智禔嫌慢，直接走到她前面，拖著她往前跑。

其實賀濡焱跟惜風也都被美麗的教堂內部所震撼，腳步慢了下來，俄羅斯藍貓彷彿也跟著他們一塊兒欣賞似的，不再急迫。

教堂裡的人少了，他們找了位置坐下，這時惜風有點明白為什麼俄羅斯藍貓要帶他們來這裡，因為時間逼近閉館，而賀濡焱有本事進來，可是其他人沒有。

他們終於能休息個幾分鐘，喝口水了，就在他們輪流喝水時，小雪忽然睜圓雙眼，看向從外頭走進來的人。

「耶！是艾森他們耶！」

除了艾森、Ivan 外，連華瑞克他們也狀似狼狽的走了進來。

惜風暗暗的緊握住賀濡焱的手，為什麼艾森他們會知道他們在耶穌復活教堂裡？為什麼都要閉館了他們還進得來？

賀濡焱還真說對了，他們其中有人，大有問題。

第八章

人口販子

「吁……你們好會跑喔！」Ivan 氣喘吁吁的說著，緩步上前。

「你們也很會追啊。」惜風冷然的望著他們幾個，「不是要閉館了，你們怎麼進得來？」

Ivan 臉色有點僵，出示了辦事處的證件。「只能待到七點，還是得走。」

哦～看來賀瀮焱的比較威。

「累死了！」夢妮坐了下來，她穿著高跟鞋跑，不累才有鬼。「你們怎麼躲到這裡來啊？」

「跟著他們跑的。」小雪老實指著惜風說：「你們好厲害喔，怎麼知道我們在這裡？」

「嗯……華瑞克看見的。」夢妮嫣然一笑，「好險有看到，不然我們也不知道要躲去哪裡。」

「是嗎？」賀瀮焱冷冷一笑，「到現在還堅持聚在一起真的太詭異了，而且紅場這麼大，還能知道我們的落腳處？」

「聚在一起有問題嗎？」艾森皺著眉上前，「我們現在都是同一條船上的人，被黑道追著，還有那個什麼鬼……」

「明明分開比較有逃生機會，大家聚在一起，反而更明顯，而且你們有官方支援，對方主要也是找小雪跟游智禔——」賀濡焱一一掃視著他們，眼神落在小雪身上。「小雪，把筆記本拿出來！」

這話一出，惜風仔細觀察著其他人的臉色，艾森是紋風不動，但 Ivan 卻明顯把視線移向小雪，華瑞克蹙著眉，挨著夢妮坐著。

小雪從靴子裡拿出那本筆記本，交給了賀濡焱，他揚著本子，就惜風的解釋，那簡直像一種挑釁。

「誰想要這本本子？」他晃著本子，Ivan 露出很尷尬的笑容。

「你這是在做什麼？」艾森厲聲開口，「是在試探我們？還是在懷疑我們？」

「我不懷疑，我幾乎是肯定。」賀濡焱微微一笑，「我不知道你們信多少，但是在你們身上，我都聞得到血腥味。」

血腥味？游智禔暗暗把小雪往後拉，別說血腥味了，他一直覺得艾森他們的表情很奇怪，嘴上笑說不在乎，但眼睛卻緊盯著那本本子不放。

「我受傷了。」華瑞克很無辜的指著自己的手。

「我不是指那種血味，而是一種久遠的、陳腐的，附在你們身上的味道。」賀濡焱直言不諱，「你們身上都有兇器，殺氣很重，怨鬼們無法伸展，但不代表怨氣不會沉積，仇恨是一點一滴累積上去的，而且是加乘。」

Ivan 不耐煩的嘖了一聲，卻伸手想拿過筆記本。「你在說什麼亂七八糟的話？這本就是死者託付的東西，不是嗎？」

電光石火間，賀濡焱把本子向後拋去。

游智禔靈巧的立刻接到，那瞬間，艾森他們都動了下身子，手下意識的擱上腰間的槍。

知道了！

惜風站起身，小雪連忙拉過離夢妮太近的絲妮克，他們不約而同的向後退，賀濡焱望著修士們朝這邊望過來，他禮貌的頷首，甚至揮了揮手。

「你揮手做什麼？把人趕走了怎麼辦？」一旦四下無人，這些人豈不更肆無忌憚？

「我不想殃及池魚。」他說得輕鬆，也往後退著，就是要趕人走。

Ivan 斂起笑容，伸手朝向游智禔。「把本子扔過來。」這次就不客氣了。

「別扔。」惜風低聲制止，這一扔，他們什麼籌碼都沒了。

「Ivan，別這樣。」艾森出聲向前，還能露出笑容。「請把本子給我，你們留著並沒有用。」

華瑞克跟夢妮兩個人怔了好幾秒，才嚇得站起，步步驚退。

這兩人有問題。

小雪在計算，說不定其實芬妮跟傑德也都是一掛的，她忍不住看向賀濡焱。「這些人你是在哪裡認識的？」

「台北辦事處，要不認識很難啊！」有事都嘛往他們那邊跑。

「你們在販賣人口？」游智禔忿怒的質問，「那個倉庫也跟你們有關係對吧？」

「這不關你的事，把本子給我就對了。」艾森還是很有耐性，「你們不該蹚這池渾水，當然我知道這是意外，沒人會想到文仔把本子塞給一個不認識的觀光客。」

「文仔？那個死者？」小雪喉頭一緊，她還記得那男人死前的眼神有多堅毅。「他是……臥底嗎？」

喀嚓，槍枝上膛的聲音傳來，Ivan已經拿出了槍。「不，那是背叛者。」

文仔想把事情公諸於世，該碎屍萬段。

游智禔倒抽一口氣，把本子收進口袋裡，還將拉鍊拉上，他是沒看到那些被關著的女生啦，但是他知道販賣人口這種事，無論如何都不能原諒！

「小子，這不是你該觸碰的範圍。」艾森也掏出槍。

「你們認識我姊姊嗎？是你們把她抓走的嗎？」絲妮克突然往前衝，激動的質問起艾森他們。「你們把我姊姊帶到哪裡去了——」

「絲妮克！」小雪跟游智禔聯手抓住她，她怎麼突然暴走啦！

「不是每個要販賣的人都是由我們經手，我們也不會記得。」Ivan 不耐煩的唸著，「我們不想在教堂裡開槍，快點！」

「我管你！你們這些沒良心的混帳，騙那些女孩子再把她們賣掉，有沒有道德良知啊！」小雪氣急敗壞的用中文吼著，罵人還是用母語比較流暢。「你唸這麼多書，好不容易能在辦事處工作，卻選擇做這種骯髒齷齪下流不要臉的事？」

哇！賀瀰焱真想掌聲鼓勵，沒換氣耶！

「我一點都不想被妳這種草莓族說教，要妳來做我們這種工作妳還做不下去咧！」Ivan 冷哼一聲，「我只能說這種事是願者上鉤，這些女孩只會作夢，以為到了美國就能過好日子？」

「那又怎樣，人都可以有夢。」賀瀰焱一字一字緩緩的說，「你在踐踏別人的夢想。」

腳邊的貓忽然跳上長凳，再跳上椅背那窄窄的橫條，喵嗚的打了個呵欠。

華瑞克看起來超想走但是不敢動，因為艾森事實上有在注意他們。

「我可以在這裡把你們都解決掉、再拿走本子，你們知道嗎？」艾森沉重的說著，「但是我不想在教堂裡殺人，也不希望對同胞下手。」

「喲，良心出現啦！」小雪嗤之以鼻，哼了好大一聲。「其實是因為在這裡殺人事情會鬧大，畢竟這裡是重要觀光景點，也是重要的耶穌復活教堂，修士們都認得你們，除非你們要把教堂裡所有神職人員都殺光，否則他們每一個人都會變成目擊證人。」

「而且你剛才出示過證件，台北辦事處的人槍殺台灣觀光客同胞，怎樣都說不過去！」游智禔接口接得順當，「這算蓄意謀殺吧？不知道俄羅斯的法律會怎麼判呢？」

「說不定會移送回台。」小雪認真的回應。

賀濡焱忍著笑，他差點忘記，身邊這三個全是法律系的。

「那就看誰的勢力大了！」艾森冷冷一笑，槍口倏地向左轉九十度，朝向了夢妮。

咦？夢妮瞪大眼睛，艾森下一秒就開槍。

「哇呀！」她閃躲得非常快，快到令人瞠目結舌，因為那個一直尖叫、哭個不停加發抖的金髮正妹，竟然一個前滾翻還蹲得正正的，躲到另一張長凳後面，然後連槍都舉了起來！

「這裡的槍是在便利商店都買得到嗎？」游智禔一副剛剛應該先買槍的口氣。

「快跑吧！」小雪推著惜風，讓她撞上賀濎焱。

「不急……」賀濎焱竟然八風吹不動，穩當的摟住惜風，專注看著那隻蜷伏著的俄羅斯藍貓。「你有話要說嗎？」

「喵～」牠懶洋洋的叫著，搔搔耳邊，緩緩站了起來。

像是預備動作一樣，彷彿還做了一個深呼吸似的，突然間睜亮綠色的眸子。

「喵——」

這一聲既激昂又生氣，分貝之高，彷彿對戰前的怒吼！

滴——答——

惜風正前方的地板，由上而下滴落一大滴的血，在地板上濺出一大朵血花。

咦？他們紛紛往上看去，竟然從穹頂的中間，開始滲進一大堆的血，簡直像是屋頂有漏洞，外頭血雨滂沱，所以從洞口滲了進來。

順著洋蔥式的屋頂緩緩流下，一層又一層的往下流，蓋過了馬賽克磁磚、吊燈、所有精美的飾畫，完全覆蓋，原本該是明亮聖潔的教堂裡，頓時成了腥風血雨的紅色牆面。

「賀濎焱……那是什麼？」游智禔完全嚇到了，他跟小雪開始閃躲滴落下來的血，有些真的太大滴了，一直凝聚滴落。

「你們不知道耶穌復活大教堂有個別名嗎？」賀濚焱微微一笑，回首看著他們。

「滴血大教堂……」答腔的是艾森，他們被血滴分了心，詫異的往上看。

俄羅斯藍貓眼眸閃過綠光，志得意滿的笑著，賀濚焱趁機猛然回身，拉著惜風就往角落奔去，那裡有些遮蔽物，至少可以讓他們別被這些鮮血滴上。

「站住！」Ivan 執起槍，立刻被艾森打掉。

「不能損傷教堂的東西！」

華瑞克也趁機找地方躲藏，夢妮以長凳為掩護，不斷的彎身奔跑，Ivan 不客氣一槍再一槍，教堂瞬間成了戰場。

「等一下！滴血大教堂是因為亞歷山大二世在這裡被刺殺後，俄羅斯才在原地建教堂的啊，那個國王並不是死在教堂裡的吧？」小雪他們對歷史也倒背如流，「為什麼會有這種事？」

「而且這裡是教堂耶，是厲鬼幹的嗎？」游智禔也跟著問了一大串。

賀濚焱帶著大家躲到角落，後面原是古雕像加古蹟，不過艾森他們很忙，正被紅血嚇得詫異。

「是牠幹的。」惜風下巴一指，指向施施走來的俄羅斯藍貓。

「喵～」牠撒嬌般的喵了一聲，下一瞬間，滴落的紅血竟化身成一個個女人，在落地濺開的瞬間成形。

「這隻貓不簡單，牠可以排開教堂的聖靈力，在教堂裡另外築出一個空間，讓邪靈甚至是死靈進入。」賀濴焱四處張望，注意著聖壇那兒的水，跟其他祈禱物品。「現場現在是牠主導，我們可以暫時休息一下。」

「死靈……」游智禔看得目瞪口呆，那一個個女人似透明非透明，身體殘缺不全，全屍的鬼卻形同槁木，每個人都瞠著怨恨的雙眸，全身彷彿燃燒著火燄。

「所以，她們不是針對我嘍！」小雪啊了好大一聲，不知道在興奮什麼。「跟鑰匙也沒有關係嘍！」

她開心的咧嘴笑，前頭一位女厲鬼倏地回首瞪著她。

「不、不關我的事！」她連忙擺手。

「這些都是鬼嗎？已經死掉的人？」絲妮克顯得戰戰兢兢，但是眼神卻在尋找著某人，惜風明白，她在找姊姊。

「嗯，很遺憾，都是亡者。」她淡淡的說著。

絲妮克哭了起來，她喊著姊姊的名字，一堆俄文在空中傳遞，惜風他們沒人聽得懂，而艾森他們意識到女鬼逼近時，頓時慌了手腳，與Ivan不由得貼靠在一起。

朝著女鬼開槍根本毫無用處，子彈只是穿透了女鬼身體，射入後頭的物品或牆壁而已。

「別過來！妳們不能怪我們！沒人叫妳們這麼天真啊！」Ivan緊張的跟艾森背靠著背，還掏出十字架來。「這生意不只是我們在做，矛頭不能全指向我們啊！」

「殺頭生意有人做，販賣人口理所當然，想圓夢本來就要付出代價！」艾森推了Ivan一把，「不管了，直接往外衝，叫別人來解決！」

他們一點頭，立刻往外飛奔，可是一群女鬼瞬間成形，張牙舞爪的擋住了他們的去路，甚至將他們團團包圍住。

不需要言語，都能感受到她們的恨與絕望。

看上去可能連二十歲都不到的女孩，死在自己的夢想當中。

有的還沒被運出國就餓死在倉庫裡、運送途中被當成貨物一樣擠在貨櫃中悶死、病死的大有人在，等到了目的地，再分開販售，由買家下標，極度健康的成了器官供應者，貌美的則被賣到妓院。

從頭到尾，販賣者與買入者，都是同類。

好幾個女孩子注意到長凳後的華瑞克跟夢妮，她們擰起眉心，扭曲猙獰的面孔對著他們咆哮，冷不防殺了過去。

惜風緊張的站起，絲妮克已經衝了出去。「不——他們不是！」

「那位……」賀瀟焱措手不及，這女生看起來好柔弱，但是會暴衝耶！

「她暗戀華瑞克！」惜風焦急的推著賀瀟焱，「去幫他們啊，我怕厲鬼殺紅了眼！」

賀瀟焱猶豫皺眉，他的保護範圍其實只有惜風，小雪跟游智禔都已經是順便的了，現在還得去救更不相干的人？

「妳也知道她們殺紅了眼會抓狂，我現在過去，難保厲鬼不會來找你們！」

「沒問題！」小雪帥氣的伸長手，自信滿滿的說著。「有我在！」

完全沒有感受到說服力的賀瀟焱挑了挑眉，「有妳在？」

「將將！」小雪大氣的從頸間拉出一堆護身符，林林總總，連游智禔都看得眼花撩亂。「剛剛可是靠這些才擋掉不少厲鬼攻擊的……啊！你快去啦！夢妮要被拖走了！」

小雪二話不說，一把將賀瀟焱推了出去，連惜風都嚇了一跳，小雪真粗魯。

厲鬼們果然抓著夢妮的腳，要把她拖出長凳後，其他女鬼瘋狂的往華瑞克撲去，要抓要撕，但都被絲妮克揮舞的手阻擋，賀灡焱被小雪推出去後沒有立刻往那邊去，反而用腳踢了踢貓。

「喂，你先去擋一下！」

「喵！」俄羅斯藍貓顯得很不高興，被踢了兩腳，不悅的朝絲妮克那邊走去。

俄羅斯藍貓輕巧的跳躍，落在華瑞克跟夢妮之間，厲鬼們驚恐的後退，戰戰兢兢的望著牠；另一邊的賀灡焱從容的順手找個東西舀了聖壇裡的水，才緩緩往絲妮克那邊去。

「他們不是！妳們誤會了！」絲妮克指著另一端的艾森，「他們！是他們！」

『為什麼為什麼為什麼！』厲鬼們只是拚命的問為什麼，淒厲的哭號，同時一把扯下夢妮的腳。

「哇啊——」夢妮淒厲的尖叫，腳踝與小腿間的皮膚開始撕裂，還呈現像撕開春捲皮那樣的孔洞，血珠滲了出來。

「真殘忍！」賀灡焱輕嘆氣，右手浸了聖水，輕輕的往厲鬼灑過去。

這跟潑水遊戲一樣，看得小雪一陣心急。

不過小小的水滴還是造成不小的效果，她們狐疑的蹙眉張望，下一秒整隻手就開始冒出煙了。

『嘎呀——』女鬼們驚恐後退，拚命甩著手，意圖把聖水甩掉，最後整隻手掌都甩了出去。

絲妮克飛快的拖著華瑞克往後去，他的手臂跟身子又受了傷，賀濔焱兩步上前，女鬼們戒慎恐懼的後退，選擇回身，往已經發出哀號的艾森他們那兒奔去。

死靈們一把打掉艾森的手槍，將他使勁往牆上推，艾森簡直是騰空飛起再重重撞上牆，可是更多死靈急促上前，拿著不知哪裡來的尖銳物，將他釘在牆上。

Ivan 原本已經爬出去了，可是外頭竟有更多的死靈，嚇得他往回跑，落入了另一個女鬼的手裡，她緊掐著他的頸子，就往地上摔去。

然後，死靈們手裡憑空出現一支支的針筒，面對著被釘在牆上的艾森，以及躺在地上的 Ivan。那是種集體的悲傷渲染，眼淚與哭泣聲同步在血染的教堂裡迴盪，不需要任何語言，死靈們只是歇斯底里的尖叫著，紛紛擎起手裡的針筒，狠狠的往艾森跟 Ivan 身上戳去。

「哇啊——住手！住手！」

「艾森！艾森——這不能怪我！這是生意！」Ivan 哭喊著，「還有很多人參與，我們只是轉賣者——」

厲鬼們聽不進去，她們只是努力的用那細細的針，一針針的捅進兩個大男人的身體裡。

針很細，她們避開了要害跟頭部以上，除了要他們受盡疼痛折磨外，絕大部分應該是因為那些女孩都曾被施打毒品，以便控制吧？每個鬼魂手肘內側都烏青發黑，爛可見骨。

大概全是針孔，感染壞死，死後也最先潰爛。

賀瀮焱蹲在夢妮身邊檢視她腳部的傷，皮膚跟部分肌肉都已經撕裂開了，再慢幾秒只怕皮筋都會分離，最後再從關節扭斷，跟吃雞腿時有點像……只不過這是活人。

看來，艾森跟 Ivan 的下場不會太圓滿。

他拉過夢妮的手臂，好讓她撐起身子，再痛也得忍，他好將她拖到惜風那邊，再用聖水圍一個小結界。

「你去哪？」在賀瀮焱要轉身離開時，惜風趕緊抓住他。

賀瀮焱愣了一下，回頭低首瞅著她。「別擔心，我一下就回來。」

「不是！你是要去哪裡？」她口吻帶著微慍，現在那邊鮮血飛濺，他去做什麼？

賀濡焱笑望著她，好整以暇的蹲下身來。

「別擔心我，妳剛不是說厲鬼會殺紅眼？等她們把艾森跟傑德解決之後真的有可能不知道收手，我得防範一下。」

「為什麼會這麼沒理性？她們應該知道自己是怎麼死的啊！」游智禔不解，事實上他沒有嚇得屁滾尿流已經很難得了。

「她們是鬼，懷怨的怨鬼，殺了人成厲鬼，」賀濡焱從容的解釋著，「腦子裡只剩下未完成的夢想、被踐踏的痛苦、死前的無助、寂寞與無止境的恨，對多數懷有怨念的鬼而言，他們只剩下對這個世間的不平與不滿。」

「……可是也不能沒有是非啊！」游智禔緊握著拳，他們多半都有一股正義感，才會想走法律這條路，賀濡焱很能理解。

小雪緊咬著唇，她上次遇到的鬼有是非嗎？有啊，那是自己定的一套，正如賀濡焱說的，成為鬼時，仇恨的盲點太多了，蒙蔽了一切。

「問題是……人有時候也沒有是非啊！」她悶悶的說著，「像對那些少女而言，她們沒有做錯事，可是落得那樣的下場，而販賣切割她們的人卻都在開心的數鈔票，沒有得到制裁！」

賀濡焱彈了指，只差沒喊賓果。

惜風悽楚的牽起一抹苦笑，嘆了氣。「這世道要爭一個是非，只怕爭到頭破血流也沒有答案，所以天理有循環，自有定數，我們只要把握每一分鐘活著就好。」

賀濡焱瞥了她一眼，這話一定不是她原創的。

「惜風？」游智禔不明所以，這話聽起來好像是勸人樂觀，怎麼她說起來卻好悲觀。

「我呢，只想活著而已，其他什麼都不想管。」她認真的望著同學，「什麼是非對錯，什麼爾虞我詐、計較紛擾，都不如讓我繼續活著重要。」

小雪擰著眉，她多少知道惜風有什麼秘密，游智禔就不一樣了，他很正經八百的握住惜風的雙肩，認真的看進她的雙眼——

「妳得癌症了嗎？」

賀濡焱差點沒笑出來，惜風不懂這答案怎麼導出來的，拉開他的手，無奈的說了聲我才沒有。

游智禔不懂，因為惜風說得好像活下去是份奢侈似的！

他們談話的背景音是不絕於耳的慘叫聲，躺在絲妮克大腿上的華瑞克對這四個觀光客好生佩服，他全身痛得要命，絲妮克哭得泣不成聲，另一邊的夢妮腳都被撕裂開了，這四個人還在聊天。

「我去了。」賀瀟焱笑著站起，「別離開這個圈圈。」

「我有這個。」小雪還在炫耀她的護身符。

「被扯掉就沒用啦，最重要是那個金色的，放到衣服裡去！」賀瀟焱笑著指向她手裡一大串東西。

「咦？」她好奇的看著，真的有個金色的。「是喔！」

他瞥了她一眼，「廢話，那我家的！」

呵呵——小雪笑彎了眼，上次從日本回來後，賀瀟焱有交代她跟趙律師要去萬應宮淨化，她去了之後求了一堆符，忠實信徒耶！

「瀟焱，小心點！」惜風低喊著，賀瀟焱回眸，給了她一個很溫柔的笑容。

游智禔一陣火在腹裡燒，他們兩個……那氛圍未免也太曖昧了吧！

賀瀟焱毫不畏懼的走上前，從外套口袋裡拿出一個十字念珠串，美麗的念珠鍊是由水晶一顆顆串成的，而末端的十字墜，相當與眾不同。

那不像一般的十字架僅有一橫短木加一直長木，而是在橫短木的上方多一槓更短的橫木，直長木的末端，又多了一個左上右下的短橫木。

那是東正教十字架的象徵，他們不強調贖罪論，上方多出來的短木代表善者可上天堂、下面斜木則代表做壞事的就會入地獄。

地板上的 Ivan 在抽搐，賀濡焱一時看不出來他是死是活，直到他冒血的眼跟嘴巴開始開闔，痛苦呼救，每一次呼吸都像被湧出來的血嗆到一般，起了許多血泡。

女鬼們還在捅，他望著那被針刺爛的身體，也算是一絕。

至於在牆上的那個比較痛快些，那邊的女鬼大概因為力道跟方向的關係，針已經斷了又斷，所以她們最終選擇發狂的刨開他的身子，導致整個人四分五裂。

現在釘在牆上的只有胸骨以上的部分，艾森臨死前瞪大雙眼，嘴巴也撐到極致，看起來應該是胸骨以下被活活扯斷時的慘叫樣貌瞬間凍結，成了他最後的死相。

說實話，死有餘辜。

這裡的日子如果好過，就不會有那麼多女孩懷抱著美夢，她們也只是想要追求夢想而已，卻慘遭這樣的對待，連踏實的機會都沒有。

Ivan 剛剛喊著還有一大票人在做這個生意，他倒是很願意為這些女鬼引薦——只要她們不要瞪著他就好了。

「冤有頭債有主……好，中文聽不懂，英文我不會說。」他輕輕握著十字念珠，水晶纏在他的大手上。「這樣說，一切都不關我的事，妳們要去對付真正的兇手才對。」

厲鬼們渾身是血，雙眼也是血，低吼咆哮著，手裡握著針筒，也有人讓尖甲變得有十公分長，發狂的奔了過來。

念珠一鬆，立刻變成三十公分長的珠串，賀濂焱以自己為圓心畫了一個大圓，頓時迸射出一股白色圓形光球，將女鬼們往後彈射，但還是有些不死心，歇斯底里的朝他撲來，賀濂焱一個旋身，將十字架貼上她的額頭。

「這是聖靈恩賜的印記，賜給妳吧。」他微微一笑，說著祝禱文。

滑不溜丟的十字架上早浸過這裡祈禱的嬰油，這是聖禮的一部分，希望這位死靈消受得起。

『啊啊啊……』死靈淒厲的慘叫著，她的額頭印出那十字架的模樣，賀濂焱改以掌心一推，將整個十字架鑲進她額頭裡。『啊呀——』

厲鬼發狂痛苦的向後滾地，臉部烙印著那十字架的痕跡，腐爛的皮膚開始銷蝕，往兩側融解，簡單的說，聖靈的力量就像是強大的王水，可以把她的皮骨一併融掉。

她殺了人，上不了天堂，就得下地獄了。

這舉動嚇得其他厲鬼呆愣，她們懼於聖靈的力量，不敢動彈。

「這叫現學現賣！」賀灊焱俐落的從懷中拿出一灌迷你伏特加，直接往每一個厲鬼身上倒去，殘餘的酒水沾手，往十字架上一抹，在空中打了一個結印——

「願主的平安與你同在，也與你的心靈同在。」

游智禔看傻了眼，他忍不住站了起來，看著地上、厲鬼身上，任何一處有酒水的地方都發出白金色的刺眼光芒，不是煙火，而是像一種聖光向外綻放……

厲鬼們在尖叫聲中逃竄，剛剛那被十字架烙上的厲鬼已經成為泡沫，在聖光的照耀下乾涸，而光線並沒有因此停止，賀灊焱甩動十字架，口中唸唸有詞，倏地將十字念珠往正上方扔去。

那一瞬間，十字架宛似太陽，照耀了教堂裡每一個角落，血壁瞬間消失。

當十字架穩當的落回賀灊焱的手心之際，他的咒語未竟，又唸了一會兒，才深吸了一口氣，望著教堂每個角落，確定血壁完全撤除。

收工！

「喵！」角落的貓打了呵欠，賀灊焱望著牠嘆氣，就知道引鬼入室，怎麼不幫忙恢復原狀呢。

他回身朝惜風他們走去，游智禔看得完全是目瞪口呆，只差沒有拍手鼓掌叫好！

惜風從圈圈裡走出來，直直迎向他，綻開甜美的笑容。

「那是什麼？」她來到他面前，看著他手上的十字架。

「東正教的十字架，我說過是來參加國際交流協會的，現學現賣。」他忽地握住她湊過來的手，「這鍊子只有我能碰。」

「噢。」她有些惋惜，誰叫那鍊子閃閃發光，那麼美麗。

賀濡焱握住她的手後沒再放開，還無視旁人般的審視她臉上的傷，撩動她的頭髮。

游智禔胸口一緊，剛剛的讚嘆消失得無影無蹤。「喂！這兩個人怎麼辦？還有那屍體呢？」

嘖！小雪用力打了他一下，幹嘛當電燈泡啦！

「會有人來處理屍體……」賀濡焱牽著惜風過來，「這兩位……先就地用聖水處理一下，但我們還是得離開。」

小雪自告奮勇的跑去舀水過來，賀濡焱迅速的用十字架沾水後，讓水自十字架滴落在他們的傷處。

可怕的慘叫聲當然沒有斷過，尤其是夢妮，哭到都沒聲音了。

最後由游智禔跟絲妮克聯手攙起華瑞克，小雪一個人扛著夢妮，就要離開教堂。

「喂，你是男人吧，過來幫忙啊！」游智禔抱怨著，夢妮好歹有一百七十五，小雪才一百六十耶！

「我不要。」他頭也不回就回絕。

「喂——」

「好了啦，賀帥哥才不會管他們咧！」小雪連忙制止，「他願意幫我們就不錯了！」

「哪有人這麼自私！」游智禔氣急敗壞，現在從頭到腳就是討厭他。

「因為——弱者只會等著別人幫忙。」小雪把這句話轉送給游智禔，「乍聽之下很過分厚，可是一直被幫助才是對我更殘忍呢，人要學著成長，而且賀帥哥不喜歡管閒事，不過他雖然嘴巴很賤，但緊要關頭時還是會幫我，所以這種小事我們就自己來吧！」

她嘿咻的頂起夢妮，「妳很重，所以也要自己出點力喔！」

夢妮痛苦的單腳跳躍，路過地板那像爛泥的 Ivan 時，忍不住乾嘔起來。

牆上那個就更別講了，簡直令人不忍卒睹。

修士們眉頭深鎖的站在外面，賀瀮焱主動上前跟他們低語交談，說了好幾次對不起，然後拿了一張支票給他們。

「香油錢。」他跟惜風解釋著。

「多少？」

他笑而不答。

步出門外時氣溫已經降得很低，紅場幾乎沒有什麼人，小雪一出來就倒抽一口氣，他們好像忘記一件很重要很重要的事情……

「噗哧！」最後頭的她發出氣音，「我們是不是忘記有人在追我們？」

「啊！黑道！」游智禔真的忘了，他還以為鬼解決就沒事了呢！

惜風跟賀瀮焱停下腳步，環顧四周卻沒有那些恐怖的身影……事實上根本就沒有人煙了！

「說不定是被鬼嚇跑了，或是找不到我們，認為我們不在紅場了。」絲妮克肯定的說著。

「還、還有另一個可能……」夢妮幽幽的出聲。

「嗯？」

「就是因為，我們還在你們身邊。」

喀嚓，槍口抵上了小雪的太陽穴，迅雷不及掩耳。

第九章

另一個娃娃

幾乎是同時，兩支槍管抵上小雪跟游智禔的太陽穴，走在前方的賀濡焱跟惜風嚇了一大跳，而絲妮克完全不知所措，也不敢輕舉妄動。

「……華瑞克？」絲妮克顫抖著，因為華瑞克的身子還壓著她，作為支撐。

「筆記本！」夢妮不客氣的朝小雪要東西。

小雪緊咬著唇，一臉不想交的樣子。

夢妮眉一皺，右手往上抬起，狠狠的用槍托打向小雪，直接把她往地面揮去。

「啊——」小雪摔到地上，被槍打到的地方好像要裂開似的。

夢妮只剩一隻腳可以站立，但還是很威猛的使用槍，槍枝甚至上了膛。

「筆記本。」

「小雪……拿給她！」惜風一字字緩緩的說，為那個東西犧牲自己實在太不值得了。

「在我這裡啦！」游智禔難受的說著，從口袋裡拿出那本筆記本，剛剛賀濡焱丟過來時是他接住的。

他將本子丟給夢妮，她接過之後翻了一遍，左手不便的華瑞克回身看著她，待她確定這是他們要的本子。

「鑰匙。」換華瑞克看向了惜風。

在聖瓦西里教堂裡時，他親眼看見惜風代小雪收下那把鑰匙。

惜風動作緩慢的從口袋裡要拿取鑰匙，賀濂焱低聲要她動作越慢越好，因為對方的槍已經上了膛，她動作過快讓他們太緊張，誤擊就不好了。

「咦——鑰匙呢？」惜風臉色慘白的摸著，「不對啊，我不是放在後面口袋嗎？」

「我也記得妳是放在後面口袋。」賀濂焱印象也是如此。

「可是……沒有啊！」

說時遲那時快，華瑞克拉過游智禔，狠狠往他肚子揍一拳，再用槍托往後腦勺擊去，游智禔悶哼一聲，直接倒地。

「這樣應該可以幫助妳恢復記憶。」他溫和的說著，左手還勾著絲妮克，才不至於跌倒。

「為什麼、為什麼會這樣？你是什麼人？」絲妮克哽咽的望著華瑞克，眼裡都是情愫。

「親愛的，放心，我不會這樣對妳的。」華瑞克還溫柔的對著絲妮克笑，「是他們太礙事了，為什麼要拿文仔的本子呢？為什麼非得要去倉庫呢？」

「你們也是人口販子……艾森不認識你們嗎？」賀濂焱趁惜風在翻找包包時，開口問了。

「我知道他們，但是他們不會知道我，我是大盤商，艾森他們只是小角色而已。」華瑞克倒是挺自負的，「你們差點毀了今晚的交易，逃出去的女生全都抓回去了，我差人打斷她們的腿，當作小小的懲罰。」

所以自然沒有任何新聞報導，看來跟警方也有勾結。

「那些女孩很值錢的，逃走一個對我們來說損失都很大。」夢妮冷漠的說著，抓起小雪的頭髮，要她站起來。「華瑞克，這個女生長得也很不錯，有人喜歡這種型的！」

「不行，這幾個會壞事。」華瑞克斷然拒絕，「真的很遺憾，但這是你們自找的——鑰匙。」

惜風臉色鐵青的在包包裡找到鑰匙，緊緊握在手裡，瞥了賀灝焱一眼。

「不見了……」

「什麼？」

「俄羅斯娃娃不見了。」她的手微微發顫，那個鮮紅詭異的俄羅斯娃娃不見了。

具有邪性的俄羅斯娃娃也尚未解決，為什麼忽然消失了？惜風非常確定自己可沒向娃娃許願啊！

「妳是說這個嗎？」夢妮從大衣口袋裡拿出了那只俄羅斯娃娃。

「咦？」惜風嚇一跳，是被偷走的嗎？

賀瀟焱一股失望湧上，他比較希望是俄羅斯娃娃裡的邪魔自己跑掉的。

一槍突然打在惜風的腳邊，她嚇得尖叫，撲進賀瀟焱懷裡。

「鑰匙。」華瑞克沉著聲音，像是不耐煩。

惜風拿著鑰匙要上前，卻突然被賀瀟焱擋下，由他拿過去比較好。

「我死不了。」她低聲用中文說著，「你別逞英雄！」

她抽回手拒絕，還一把將他往後推，逕自上前把鑰匙交給華瑞克。他反覆檢查鑰匙，確定無誤之後，開始吆喝他們移動。

鑰匙在華瑞克收起的瞬間發出一陣紅光，這一切盡收賀瀟焱眼底，他悄悄勾起一抹笑。

死靈的數量，看來比想像的多出很多，剛剛滴血教堂裡的只是一小部分啊……

「妳的俄羅斯娃娃是在哪裡拿到的？」華瑞克槍口指著惜風問。

「買的……」她深吸了一口氣，就在紅場外的小攤子。

夢妮不解的瞥了華瑞克一眼，「你不是說扔掉了嗎？」

「我是扔掉了！」華瑞克低咒著，明明扔進水溝裡了，怎麼會落在惜風手裡呢？

「看來俄羅斯娃娃也有秘密。」賀瀟焱輕聲說著，感受著氣溫的驟降。

他可以再拖點時間，等待亡靈呼喚亡靈。

「只是上一個女孩的東西而已，我印象很深，那是個獨一無二的俄羅斯娃娃。」華瑞克說著，忽然看向臂彎間的絲妮克。「那女孩也很美，像妳一樣，跟雪一樣白的肌膚，漂亮的藍色眼睛……好像也穿著一樣的藍白相間大衣，戴著白色手套……」

絲妮克仰首望著華瑞克，淚滑了下。「戴著一條雪花項鍊？」

華瑞克愣了一下，圓睜雙眼。「妳姊姊？」

她們的確都有著白淨透明的肌膚，但是長得並不像啊！

「啊——」惜風想起來了，「第八個女人……鎖在俄羅斯娃娃裡的第八個靈魂，皮膚非常白，頭髮上雖然染著鮮血，不過依稀還看得出來有著一頭白色長髮。」

紅場上突然颳起一陣冷冽的強風，那突如其來又強勁的態勢令人吃驚，大家下意識的縮起頸子，伸手想擋開那股風——賀瀟焱雙眼銳利的盯著華瑞克的動作，在他舉槍的手往上遮住眼睛的那一瞬間，他立即飛撲過去。

「華瑞克！」夢妮朝賀瀟焱開槍，卻被他閃過，子彈筆直往惜風去。

她張大嘴來不及反應，子彈卻在她身前三十公分處被直接撥開。

咦？誰？她僵直著身子，感覺到身邊有東西在。

「死女人！」小雪也趁機反擊，背向夢妮向後撞擊她的身子，扣住右臂往自己膝蓋上撞，再一個扭轉，讓槍落了地。

緊接著是扭打在一起的女人戰爭，小雪可一點都不讓她，直往她裂開的腳踝踹下去！

「啊——」夢妮疼得慘叫，小雪使勁一拳扁下去，結果自己的手痛得要命。

帶傷的華瑞克不可能打得贏訓練有素的賀濎焱，幾拳就被制伏了，賀濎焱把槍踢到另一邊，並注意到凍得不像話的氣溫。

不是鬼……他驚覺不對勁，環顧四周的景物，無人無鬼，剛剛逼近的死靈全部撤離了——為什麼？她們在害怕什麼？

天空開始飄下雪，三月天還能降雪不是不平常，但是雪下得又急又猛，伴隨著狂風，幾乎讓賀濎焱睜不開眼。

惜風趕緊衝到游智禔身邊將他翻轉至正面，往後拖離，深怕他會被雪掩埋。

但是風雪實在太大了，大到惜風看不清眼前的景物。

小雪不得不掩起臉，連夢妮都改成趴姿，才能抵擋大風雪的吹襲。

這是怎麼回事，為什麼會突然下起……暴風雪？

「惜風！」賀濂焱大聲喊著，「回答我！」

「我在……我在你後面！」她大吼著，卻因為吃到冰雪，喉頭凍住了。

「看得見我嗎？我看不見妳！過來我身邊！」賀濂焱大喊著，他跪在地上，蜷著身子，找尋最佳的方位。

她吃力的戴起雪帽，卻沒有雪鏡，只能雙手掩面的望著指縫間的世界……除了紛紛的雪花，她什麼也——

白色的人影出現在她腳邊，那瞬間彷彿為她擋去了風雪。

惜風錯愕的抬首，看見的是熟悉的臉龐。

白皙到透明的臉蛋，美麗迷人的俄羅斯姑娘，絲妮克摘下了毛帽，那該是白金色的頭髮不知道為什麼，在雪的洗禮下，成了徹頭徹尾的純白色。

她哭著，每一滴淚都是冰晶。

「絲妮克？」惜風不懂，為什麼絲妮克會變得跟雪一樣白！

「請幫助我。」

「嗯？」

她雙手捧起惜風的臉，寒冰徹骨，惜風瞬間覺得心臟被急速冷凍，下一秒陷入了昏黑。

「惜風！回答我——」

賀濰焱還在高喊，那是她聽到的最後的聲音。

※　※　※

一股清新的空氣流入肺臟，賀濰焱狠狠的吸了口氣，意識逐漸清明，他緊蹙著眉感受著冷凍的四肢恢復知覺，雙眼迷濛的緩緩睜開。

他只見到一整片雪白的天空，眼界尚不清楚，他像躺在一間白色的屋子裡，四周沒有邊際或是物體可以用來判斷方位。

『慢慢來，不急。』一個輕揚的聲音傳來，如少年般的嗓音。『你正在解凍，沒那麼快。』

解凍？是啊，他的四肢好僵硬又好冷啊！

這是怎麼回事？他為什麼會在這奇怪的地方？在這之前，他人在哪裡？賀濡焱用力回想，但一時卻想不起來。

『就說不要急了，我們還有時間。』那聲音接近了他，賀濡焱甚至不知道對方是誰，那是沒聽過的聲音，不是任何他認識的人。

人影靠近，就在他的正上方，他努力的想看清，卻只能看到一個模模糊糊的影子。冰冷的手指擱上他的唇，像是在塗抹什麼，然後有滴液體滑入了他的喉嚨。

「唔……」賀濡焱下意識想抗拒，對方反而捏住他的雙頰，迫使口張開，接著倒了一堆進去，讓他無力反抗與掙扎。

液體順著喉嚨而下，賀濡焱不安極了，那到底是什麼東西，他為什麼動彈不得？乾媽！有誰在？快點——

『我如果要你死，你根本不會躺在這裡。』少年笑了，還貼心的為他擦擦嘴。『這是讓你全然復甦的東西，你放心好了。』

復甦？

『一個人的身體讓這麼多鬼魂寄宿，似乎不是什麼好事，但是……你也的確靠他們躲過許多災厄。』少年繼續說著，『若不是有他們，只怕你早就已經凍死在那場暴風雪裡了。』

要你管！賀灝焱心裡直犯嘀咕。

不過他思考「暴風雪」這三個字，他剛剛陷在雪裡差點死亡嗎？不對，為什麼會有雪……啊！他正在制伏華瑞克，可是突然下雪了，而且伴隨著勁風，雪讓他睜不開眼——惜風！

『她被帶走了，目前還活著……噢，她本來就不太容易死。』少年還咯咯笑著，『不過活著死不了的折磨應該更可怕。』

「惜……」他恢復了說話的能力。

『你搞清楚發生什麼事了嗎？』少年似乎就坐在他身邊，從容得像在聊天。

「……雪……姑娘。」他緩緩的道出一個特別的名字。

雪姑娘，是俄羅斯傳說中相當耳熟能詳的角色，不僅出現在俄羅斯民間儀式中，在口頭文學創作、童話故事中都有提到，是用雪堆造，並且活過來的女孩。

傳說中她是冰雪與春天的女兒，長得清秀美麗，擁有白皙且我見猶憐的容貌，雪白的頭髮，總是穿著藍白相間並以毛皮鑲邊的斗篷或其他皮件……但是從他第一眼見到絲妮克開始，並沒有感覺到她不是人啊！

『人家是精靈，又不是鬼啦妖的，怎麼看得出來？』少年似乎讀取了他心裡的想法，『再說了，好歹是春神的女兒，沒那麼虛！』

靠，這個死小孩是台灣人嗎？講話的口調語氣也太像了吧！

「雪姑娘在咖啡廳打工……連不起來。」賀濂焱清了清喉嚨，總算能說話了，但還是動不了。

『她來找姊姊，她的姊姊在去年冬天消失了。』少年的語氣帶著笑意，『鎖在那個俄羅斯娃娃裡，你見過的！』

「我不喜歡記住鬼魂的樣子。」因為沒有必要。「我就知道她是刻意接近惜風的！」最好是有古道熱腸到這種地步，在百貨公司裡救惜風就算了，但一路幫到警局就太超過了。

『那是緣分，她一開始是真的幫助惜風，然後才發現惜風的……與眾不同。』

這成語應該是這樣用的吧？

「什麼與眾不同？」賀濂焱不喜歡這樣的形容。

『不死。』少年還彈了指，低低的笑了起來。『那傢伙一定沒有想到，自己想保護的玩具竟然會被自己害死……呵呵呵……』

那傢伙？賀濶焱蹙著眉感受身邊的一切，他四肢回暖，靈力值回升，但是籠罩在他身邊的依然是無盡的雪白與凍人的低溫。

還有詭異且探測不到的氛圍。

「你是誰？」他問到了重點，「這裡不是人界對吧？」

『嗯。』少年回答得倒挺老實的，『陰陽界，介於人界跟陰界之間的小小縫隙。』

賀濶焱倒抽一口氣，他死了？「那場暴風雪凍死我了嗎？」

『雪姑娘設下了結界，暴風雪只下在紅場，一時間雪高一公尺，她帶走想帶的人，就留你們在那邊等死了。』

「我們……小雪跟游智禔！」游智禔甚至是昏迷的。

『哇——』少年哇了一聲，『你到現在才想到另外兩個人呢！』

「自己的命本來就要自己顧，為什麼我要掛心？」他厭惡的閉上眼，但還是順便問一下。「他們兩個呢？」

『呵，放心，在旁邊呢！』言下之意，順道一起救了。

賀濶焱闔上雙眼，許多思緒在心裡頭繞了繞，幾秒後再緩緩睜開，嘆了一口氣。

「你是俄羅斯的死神，受那傢伙之託來看著惜風，順便進行監視。」賀瀟焱試圖看向少年，卻沒有捕捉到祂的身影。

『嗯，我是。』少年坦然承認，『但是——我不喜歡那傢伙！』

嗯？這是同事間的不和嗎？

『所以我不會跟祂提到你跟惜風之間的……曖昧。』

「我們……沒有曖昧！」他皺眉。

『隨便你說。』少年無所謂的說著，聲音遠了些，祂站起來了。『我會救你們就是要跟祂唱反調，順便送了一個禮物給你們，只可惜你們還不會用。』

「嗯？」

『再來就是拖一點點時間，讓惜風受點苦頭，好回去可以指著那傢伙算帳！』

少年不知道又在得意什麼，笑得可開心了。

但賀瀟焱聽在耳裡可不舒服，讓惜風吃苦頭？

「放我離開，絲妮克帶走惜風要做什麼？」

少年沒有回應，只聽得見越走越遠的足音，還有眼前世界的崩解，賀瀟焱可以感受到地板開始裂解，他的身子正往下陷，而身體突然恢復活動能力，他飛快的撐起身子，環顧四周，小雪跟游智禔就躺在不遠處。

他們待在一個類似雪屋的地方，雪塊正一塊塊掉落，賀濡焱疾速的捕捉到漸而隱匿的身影，那個俄羅斯的死神到底是在幫他還是害他啊！

『雪姑娘，想要一個專屬的俄羅斯娃娃。』

聲音飄渺的傳來，卻帶著看好戲的笑意，賀濡焱喚出身體內的鬼魂，先去護住小雪跟游智禔。

『急什麼？先觀賞一下嘛！』

觀賞？觀賞什——一陣大震盪，賀濡焱根本措手不及，地板全數崩裂，他們三個人筆直的往下摔去。

下頭是一整片雪地樹林，紅色的身影衝過來護住他，這摔下去怎麼叫幫他啦！

「砰！」還沒到地，賀濡焱就撞上一片透明的東西，就算有靈體護著，他的額頭還是撞出了一大個腫包。

「搞——什麼！」他趴在透明的地上，下頭的確是一般的樹林雪地，他彷彿懸在半空中似的。

紅色靈體心疼的摸摸他頭上的腫包，他說一切還好，回頭看向身後，小雪跟游智禔正一路滾下來。

這是個球體嗎？賀瀟焱仰頭望著，伸手敲了敲，他們像是被困在一個大水晶球裡似的，而這水晶球還懸在某處的半空中。

紅色靈體忽然一驚，手指向了地面！

賀瀟焱凝神一瞧，看見了穿著藍白大衣的——絲妮克！

絲妮克拿著雪鏟，正努力的一鏟一鏟把雪鏟開，後頭樹下放著昏迷的夢妮，而正後方坐著的正是惜風。

她已經醒了，雙手被反綁在樹上，望著眼前一片銀色世界，一望無際的荒原，幾棵樹座落其中，後頭有間木屋，彷彿是絲妮克的家。

夢妮半躺在雪地裡，四肢都被綁著，腳部的血因為低溫而結成了血凍，並且趨向發紫。

眼前的絲妮克正努力的鏟雪，在另一頭還有張桌子，也被白雪覆蓋。

「妳是……什麼？」惜風緩緩的開口，聲音因為冰凍有點難發音。

絲妮克雪白長髮飛揚，她聽見聲音嚇了一跳，回首看著惜風，滿是歉意。「我是Снегу́рочка，英文叫 Snow Maiden。」

雪姑娘？惜風圓睜雙眼，她來之前當然做過功課，這是俄羅斯民間傳說中相當普遍的童話人物啊！

真有其人？

「我並不想這麼做的，但是我別無他法。」她扔下雪鏟，跪在雪地上開始用手撥開雪，邊淚眼汪汪的瞅著惜風。「妳一定是被派來幫我的天使，我從沒想過會遇到像妳這樣特別的人！」

「我不懂……」惜風望著倒在一邊的夢妮，「妳要我、要夢妮做什麼……她會凍死的！」

「暫時不會，我不會讓她這麼快死。」絲妮克搖了搖頭，像是挖到了什麼，所以興奮的站起身。

那是一個凹洞，裡頭有一口看起來像是棺材的大箱子，但比一般的棺材大上非常多。

絲妮克輕而易舉的把蓋子打開，從裡頭拖出了一個東西。

惜風簡直不敢相信自己的眼睛，她沒想過會看到那種……令人髮指的俄羅斯娃娃。

因為絲妮克拖出來的，是個人。

真正的女人，卻「套」在一個大型的俄羅斯娃娃身上。

這裡溫度夠低，那些屍體並沒有腐爛，但光是看著那奇怪的屍身，就知道接下來會發生多恐怖的事。

「這都是華瑞克之前的女人，他好受歡迎，女人換過一個又一個。」絲妮克顯得有點惋惜，「而且每個都好漂亮！」

她邊說，邊把俄羅斯娃娃轉過來，套在木偶身上的身體已經被修整過，絲妮克甚至替那些女人化了妝。

慘紫白的臉加上豔紅的口紅，看起來只有更加令人毛骨悚然。

「嗯……」夢妮在此時醒過來了，惜風突然覺得她剛剛就死掉會比較幸福些。

她全身凍得打冷顫，露出的腳已經沒有知覺，惺忪雙眼不解的望向四周，連看著惜風時都顯得有點陌生。

記憶尚未全然恢復，她望向絲妮克，視線再往下看見那人屍套偶……

「哇——」這一聲驚叫，夢妮全醒了。「絲妮克？」

「妳是第八個娃娃。」絲妮克對著夢妮說，她努力的把一層又一層的大娃娃扳開。

那景象真是怵目驚心，那比人還大一些的俄羅斯娃娃真的有九層，每一層搬出來時，上頭都套著一具人屍。惜風不知道絲妮克是怎麼辦到的，因為那每一具屍體都有著完整的皮膚，可是卻是空心的？

「哇呀呀——」夢妮見此失聲尖叫，開始慌亂的用俄語跟絲妮克交談，聽不懂的惜風也知道，她大概是在問為什麼要這樣做，或是絲妮克想對她做什麼之類的問題。

娃娃拆開後，只有兩只上頭沒有套屍殼，一個是第二大的娃娃，另一個是最小的那個。

接著絲妮克轉身到了身後的桌子前，一骨碌把桌上的積雪全部掃除，再從底下的箱子裡，拿出一把鋸子。

「絲妮克？」惜風戰戰兢兢的望向夢妮，「妳該不會……是要把夢妮做成俄羅斯娃娃吧？」

「用真人做會更有效吧，靈體會嵌在上頭，力量才會更大。」絲妮克認真的走向夢妮，「我原本想要把人整具挖空互套的，但是每個女生大小差不多，很難塞……」

這是什麼邏輯啊！本來就不該用人做啊！

「不要、不——」夢妮已經知道了，她瘋狂的掙扎著，試圖爬離，但是四肢被縛住的她，只能任由絲妮克扯住她的長髮，當牲畜一樣往長桌拖去。

驚恐的叫聲不絕於耳，夢妮再如何掙扎也無用，絲妮克的力道大得驚人，將她拉站而起，又一把推上桌子。

「NONOO——」夢妮哭喊著，她身體是躺在桌子上，被綁住的雙腳站在雪地裡止住滑勢。

絲妮克拿起鋸子，回頭望著惜風。「妳知道傳統的俄羅斯娃娃是怎麼做的嗎？」

惜風搖了搖頭。

絲妮克高高舉起鋸子，倏地回身，狠狠往夢妮的腰部鋸下去。

「呀——」淒厲的慘叫伴隨著鮮血噴向空中。

絲妮克沒有費多大的功夫，粗暴但迅速的鋸開了夢妮的腰部，唯有脊骨得費點力，但沒幾秒就將夢妮上下半身分離了。

夢妮飽嘗椎心刺骨的痛，很快就暈了過去，但是絲妮克的手掠過被腰斬之處，原本泉湧的鮮血立即冰凍，止住了失血過多的局面。

可是……這不就代表夢妮還活著嗎？

「俄羅斯娃娃最理想的材料是椴木，通常是在春天樹木最富含汁液的時候把樹砍下，剝去樹皮，然後晒乾，再把木材放到車床上，將木材刨到想要的娃娃大小，再精心的雕出一個胖嘟嘟的木胚。」絲妮克像是在對她解釋一般，滿臉是血的說著，接著從底下的工具箱拿出另一種工具——

像是放大的扳手，只是前端有鉤。

「然後把木胚從中間對剖，差不多是肚臍的位置……」絲妮克指了指夢妮被鋸開的地方，「再分別將上下兩部分掏空、扣在一起，最後上色、彩繪，俄羅斯娃娃就做好了。」

惜風忍不住發顫，看著躺在地上那套在俄羅斯娃娃上的屍殼，的確就是這樣做的！

「妳……想要這樣對付夢妮？」惜風感到不可思議，為什麼看起來如此純真的絲妮克會這麼做？「那我呢？」

「噢，妳是最小的娃娃，是最重要的，我不可能這樣對妳。」絲妮克瞇起眼，笑得很甜美，指向最小的娃娃，看起來像個人形棺。「我要妳整個人。」

咦？

「為了不被活埋，妳會實現我的願望，對吧？」絲妮克滿臉誠懇的笑了起來，「因為妳不會死嘛！」

第十章

許願

「放我出去！喂！俄羅斯的死神！」賀灜焱使勁敲著透明的水晶殼，「你在搞什麼！」

『別急嘛，我說會讓惜風吃點苦頭的。』聲音迴盪在水晶球裡，『你放一百二十個心，就算她被對切也死不了的。』

「閉嘴！」他低咒著，試了各種方法，都無法突破，只能坐困愁城的在上方看著惜風的恐懼，以及絲妮克的變態行徑。

她不是精靈嗎？怎麼會做出這種事！

絲妮克已經把夢妮的雙手用工作檯上的皮帶緊緊束住，身體也是，手一抬，就往夢妮臉上拍去，像是要把她叫醒似的。

「不要這樣對她！妳如果要殺夢妮，就讓她痛快一點死了吧！」惜風大喊著，不該讓夢妮活活受到這種苦。

夢妮被打得轉醒，一看見滿臉是血的絲妮克立刻放聲大叫，再發現自己的下半身不見了，完全陷入歇斯底里狀態。

「我討厭跟華瑞克在一起的女人，妳們明明沒有我漂亮，為什麼他就是不看我呢？」她冷眼瞪著夢妮，「我也跟俄羅斯娃娃許過願了，可是都沒有人回應我！」

「我不是華瑞克的女人，我們是夥伴——」夢妮哭喊著，他們只是生意上的夥伴。

「妳就為了那個男人？絲妮克！他可能殺了妳姊姊耶！」惜風完全無法置信，「他是個人口販子，他沒血沒淚，根本不可能愛上妳——」

「閉嘴！」絲妮克回身嘶吼著，「妳懂什麼！我就是喜歡他，我要他只看著我！」

她彎下身，拿起那帶鉤的扳手，一把刺進夢妮的斷面。

「哇啊啊——啊——」夢妮慘叫著，惜風無法想像那有多痛！

因為絲妮克正粗暴的用那帶鉤的部分，把她斷面裡的肉與內臟都刨出來，就像在做一個木偶的俄羅斯娃娃一樣。

「我一直想知道姊姊到底喜歡上什麼樣的人，為什麼沒有回到雪地……我這個冬天到莫斯科去找她，卻遇到了我的真命天子。」她不顧檯上抽動的夢妮，不停的挖著。「妳知道雪姑娘一生只有一次的愛戀嗎？只有一次！」

「我只知道妳是個變態，妳的心已經扭曲了，殘殺這些女人只是因為嫉妒！他不愛妳就是不愛妳，妳殺掉一百個女人當俄羅斯娃娃也一樣！」

為什麼不能為自己好好活著呢？為什麼總是要追逐不屬於自己的東西？看著不肯愛妳的背影，這樣怎麼可能幸福？

絲妮克完全聽不進去，夢妮的淒絕尖叫聲緩緩停下，她在殘忍的折磨中死去，而絲妮克的工作尚未結束。

惜風開始左顧右盼，她也被綁在樹下，她得想辦法鬆開束縛，那個人形棺只有她的三分之二高，她沒興趣被砍斷雙腳塞進去。

她的確不會死，但是會痛！

她無法明白絲妮克的執著，太多人都一樣，執著於異常詭異的點，身在其中的盲目讓自己無法客觀，可是又無法聽進他人的勸。

有人說，因為堅持所以才能成功。

但是堅持不等於執著，過度的堅持會讓自己看不清周遭的變化，甚至忘記了初衷，成了執著。

很多事該適可而止的，但太多人會忘記什麼叫煞車，甚至不明白自己已經執著於不屬於自己、或是根本錯誤的事情。

花費了時間與生命，最後得到一場空，再回頭已經錯失了太多美好。

絲妮克就算不是人，她也可以過很好的日子，而不是執著在得不到的愛情上，盲目得沒有是非，甚至扭曲了心態，利用自己的力量，成了為愛嫉妒發狂的醜惡怪物。

而她不然，她不想陪這樣的人玩！

過去的她不堅持也不執著，是因為她的人生隨時都會消散，像肥皂泡泡一樣易碎，所以她不浪費時間，也不希望自己在死前一刻還在堅持無聊的事情。

但是現在的她不一樣了，她為了想要的東西有所堅持，而面對離開死神這一件事，她應該會堅持到底，試到自己不能再試為止。

因為她不屬於死神，死神才應該要放棄那變態的執著！

啪！繩子一鬆開，惜風立即跳起來就往後面的木屋跑去，她心想應該可以在屋子裡找到華瑞克，找到華瑞克就可以用來威脅絲妮克！

「小心！」

咦？惜風愣了一下，賀濔焱的聲音？

她才打算仰首，一陣劇痛就從背部傳來，巨大的力量讓她震顫兩下，倏地雙膝跪地。

一把螺絲起子直直插進她的背部，雖未全數隱沒，但是她還是疼得倒下。

她聽見賀濔焱的聲音，在哪……在哪裡……

她仰起頭，在上空中瞧見了隱約的影子，似乎藏在厚厚的雲層裡……那裡有什麼對吧？為什麼賀濔焱會在上面？小雪跟游智禔也在那裡嗎？

「我只求妳幫助我，拜託！」絲妮克走了過來，將她往後拖去。「再等我一下下，我快要把夢妮掏空了。」

「不會有人實現妳的願望的。」惜風虛弱的說著，「就算我被關在裡面，我也只會恨妳！」

「但是妳會想出來的。」絲妮克很認真的說著，「妳想待在地底幾十年嗎？妳可以呼喚妳身邊的那個人！」

果然是雪女，她知道她身邊有死神。

「祂一旦來，妳就死定了。」惜風警告著。

「不會，這是俄羅斯娃娃，不實現我的願望我就不會拿出來，祂也找不到妳被埋在哪裡。」絲妮克一腳踢開最小娃娃的蓋子，將惜風提起，扔了進去！

俄羅斯娃娃的盒子比較小，但是相對的較寬，惜風曲起雙膝就可以整個人塞進去，唯一礙事的是背上插著那把起子，絲妮克毫不客氣的一把抽起，再冰凍她的傷口。

「別這樣，絲妮克——」惜風伸手抵著蓋子，「我不會原諒妳的。」

「我不需要妳的原諒。」絲妮克望著她，狠狠的將蓋子蓋上，纖手一比，蓋子閉合時，接縫立刻閃出光芒，密封起來。「我只要妳實現我的願望！」

「不──」惜風嚇得縮起手，避免被蓋棺時的力道壓斷手，她的世界頓時陷入一片黑暗，窄小又沒有空氣。

好可怕好可怕！惜風瘋狂的敲著棺木，她連翻身都沒有辦法，為什麼這麼狹小？為什麼心跳跳得好快好快？

賀瀝焱！你在哪裡，為什麼沒有出現？為什麼──

外頭的絲妮克心滿意足的爬上工作桌，為面孔扭曲的夢妮調整死狀，再畫上腮紅、口紅，抱著挖空的上半身，套進了第二個俄羅斯娃娃裡。

「俄羅斯娃娃啊，專屬於我的俄羅斯娃娃，請妳聽我的願望，我希望跟華瑞克永遠在一起，希望他能愛上我，請妳完成我的願望。」絲妮克趴在人形棺上幽幽說著，「否則，我會把妳深埋在地底，永遠不見天日，也沒有人能找到妳！」

惜風感覺到自己的人形棺在移動，聽見一個個的閉合聲，就知道自己被套進去了。

「賀瀝焱！賀瀝焱──」惜風發狂的敲著棺蓋，「我在這裡！賀瀝焱！」

她邊哭著邊感受到墜落，自己落入了剛剛那個洞穴裡，遙遠的聲音是雪埋的聲響，她低聲哭著，感受到沒有空氣的痛苦，可是自己還活著。

窒息的痛苦一直牽絆著她，等於她一直處於無法呼吸、心律不整，可是卻活著的處境。

「混帳……」她低咒著，好難受！

「混帳！」上空的賀濡焱一點都無法接受，看著絲妮克把雪掩埋好，但是他還在這裡。「喂——」

他忿怒的使勁一擊透明球面，這一次，俄羅斯死神讓他成功了。

不過實在應該先通知一聲，因為他們直接往下墜落了。

「哇啊啊——」他嚇了一跳，紅色鬼影再度圍住他，讓他能毫髮無傷的落地。

而三人落地時激起的雪花，引起了絲妮克的注意。

「什麼人？」她上前，穿過了雪地與樹林。

一把迴旋標突然從林間飛來，絲妮克措手不及，伸手欲擋，手就這麼被乾脆的切落了。

但是她果然沒有流血，望著自己的手，她只是彎身把斷肢伸進雪地裡，然後又再度生成一隻完整的手臂。

「真是好用的身體啊！」賀濡焱接住回到手邊的迴旋標。

「你怎麼會在這裡？你應該……」

「死在紅場？妳真是個心地善良的女孩，把想要的人帶走，讓我們其他人凍死在那裡。」賀瀟焱不客氣的逼近絲妮克，「很遺憾我不是很容易死，惜風也不是。」

「我只是想要被愛。」她還一臉無辜單純。

「我只是？」賀瀟焱嗤之以鼻的冷笑，「我只是想要解決妳。」

許願的人不在的話，願望就不必算數了吧！

電光石火間，賀瀟焱將迴旋標割過自己的手臂後，再往絲妮克扔去，迴旋標上本有咒語，但對精靈無效，因此他只好使用自己天生的血脈。

絲妮克蹙眉，一開始不懂賀瀟焱的做法，只是站在那兒試圖閃躲，明明彎身閃過，誰知兩秒後迴旋標竟改變方向，從她右後方捲了回來。

她的肩頭被削掉一大塊，瞬成焦黑，無法再生。

「啊——」絲妮克詫異的瞪著賀瀟焱，「你——你不能破壞我的身體，華瑞克會生氣的！」

「我想他根本不會管妳死活！」

「閉嘴！」絲妮克氣忿尖叫，平地瞬間捲起了雪的龍捲風。

這應該要拍一下的，龍捲風可以在雪地裡產生，應該是一種奇景。

雪捲風只朝著賀濔焱而去，他對防禦天災並不拿手，而且他很多東西都擱在背包裡，現在身無長物啊！

步步後退，雪捲風開始擴大。

「賀濔焱！」身後突來叫聲，他才回身，就見到一瓶水扔了過來。

小雪不知何時已經轉醒，而且她手上還真拿著照相機在照這景色。

「不要拍到我喔！」他笑著警告，扭開瓶蓋，水立刻飛躍而出，形成另一個小小的龍捲風。

賀濔焱體內奔出許多鬼靈，成為一股堅固的結界擋住雪捲風的前進，而他操控的水捲風以箭之姿穿過雪捲風，意圖徹底破壞其結構。

只是不愧是雪女，雪捲風沒有那麼容易解決，甚至吸收了他的水成為雪，增幅了雪捲風的範圍。

『用火！』紅色的鬼魂嚷著，『水會成雪成冰，制不了她的！』

「那也要借得到才行啊！」賀濔焱緊咬著唇，試圖呼喚業火，但是無論如何，掌心裡就是出不了火。

這裡是雪之國，絲妮克的地盤，怎麼借得到業火。

「這個行不行？」他仰著向上的手掌被塞進一個打火機，小雪是跑過來的。「就先用借的嘛，燒一燒試試看？」

賀濡焱望著小雪，有種瞠目結舌的感覺。「妳帶真多東西在身上啊！」

小雪一臉理所當然，又拉出衣服裡那一串繩子。「我都把它們掛在身上。」

「有妳的！」

『小心！』雪捲風來到面前，賀濡焱立刻點燃打火機，那不是業火，可是他有操控火的本事，就可以助長這小小的火勢。

「呼……」他輕輕一吹，打火機上的火瞬間成了爆炸般的火海，一瞬間吞掉了那龐大的雪捲風。

雪融成水，賀濡焱沒有停止攻勢，立刻將水化成水柱，往絲妮克殺過去。

迴旋標再次劃血扔出，穿過了他牽動的水柱，所以經過的水滴也都染上了鎮邪之血，一一朝絲妮克而去。

絲妮克尚在震驚中，她不明白，只是一個觀光客，為什麼會有此能力？她看著水像子彈般衝過來，步步驚退。

只差一秒，那些水珠頓時結冰。

「咦？」賀瀶焱愣了一下，她的動作好快！

「用火啦，用火燒掉她就好了！」小雪在旁邊助陣，簡直像來看熱鬧的。

「小姐，看戲要收錢喔！」賀瀶焱無奈的瞪向她，「一般火燒不死她，融了，她可以再生。」

「那就先融了再說啊，她融化我就去挖惜風！」小雪天真的建議。

這真不失為一個好方法，賀瀶焱點燃打火機再一次將火燒旺，直往絲妮克衝去。

結果，她在自己面前築了道厚冰牆，創造出能往後退的空間。

「這真的太誇張了！」賀瀶焱覺悟到自己處於弱勢，這地盤是她的、又是控雪的人，就算是火……她也有辦法抗衡！

「哼！不是只有妳一個人會玩水。」賀瀶焱深吸了一口氣，或許以火攻水是錯的，那大家就來玩一樣的吧！

絲妮克一怔，看著賀瀶焱以火融掉地上的雪，引出的水直接越過冰牆上方，往下澆淋。

她讓水珠成冰，但是卻來不及注意賀瀶焱早分成兩波攻擊。

第二批水直襲而來，圈住了她的雙腕、雙腳，冷不防往後一拖，絲妮克整個人立即往前仆倒。

她撞破自己築起的冰牆，而賀濡焱抽出隨身攜帶的匕首，毫不猶豫的朝絲妮克奔去——同時，小雪衝到了埋著真人俄羅斯娃娃的地方。

絲妮克有些頭暈目眩，她吃力的撐起身子，一把刀猛地穿過她撐著雪地的手。

「啊！」刀上有著賀濡焱的鮮血，正冒著煙，侵蝕著絲妮克。「好痛——好痛！你是誰！」

「把惜風放出來！」賀濡焱不喜歡廢話，「只要妳放她出來，妳跟華瑞克的事我懶得管。」

「不可能……她必須完成我的願望！」絲妮克皺著眉往小雪那裡看去，「若非如此，她出不來的——擅自破壞咒語的人都會死！」

什麼？賀濡焱驚覺不對，轉向小雪。「住手！」

小雪正拿起雪鏟用力鏟雪，說時遲那時快，一股力道從內而外彈出，毫不留情的攻向小雪——她身上的護身符隨即炸開一層圓形結界，完整的護住了她。

這讓賀濡焱瞠目結舌，剛剛那層防護——不是萬應宮的！

「哇——」小雪嚇得踉蹌，摔坐在雪地上……夢妮的那灘肉泥漿裡。

絲妮克突然伸出左手，倏地握住賀濔焱，而他倒抽一口氣，感覺全身血液迅速成冰。

地底的俄羅斯娃娃還在痛苦的翻滾掙扎，惜風聽見了賀濔焱跟小雪的聲音，他們在纏鬥，他們救不出她……為什麼、為什麼非得找她麻煩不可！

她又不是自願當不死之身的！

『喵……』

咦？惜風睜圓了眼，她聽見什麼了？

是那隻俄羅斯藍貓的聲音，她四處摸著，只摸到棺木內牆，可是那貓的聲音好近好近。

『喵……』又一聲貓叫，惜風嚇得震了震身子，因為她突然感覺到胸懷裡多了一股毛茸茸的觸感。

啊啊！惜風詫異不已，但是在這黑暗孤寂的時刻，即使是一隻貓，她也下意識的將牠抱得好緊好緊。

「你不是普通的貓對吧？」她難受的說著。「我不知道你是什麼，但是你一定可以……保護賀濔焱他們對吧？」

『妳只想保護別人嗎？』

「不然呢？我不想實現絲妮克的願望，我不要如她所願，我也不要呼喚死神過來……」她淚流不止，「反正我死不了，我就跟她耗，到了夏天，看誰的氣長！」

『這麼倔強！說不定就是因為這樣，死神才特別喜歡妳。』

「你閉嘴！」她討厭聽見有人說死神喜歡她——「咦？」

等等！剛剛是誰在跟她說話？天哪，二氧化碳濃度過高，她出現幻聽了！

『妳得答應會養我。』小貓在她臉頰磨蹭。

嗯？惜風不可思議的摸著眼前的小貓，是牠在說話？

「是你在講話嗎？」

『妳得養我，我要吃什麼都得照我的規矩來！』

天哪！是貓在說話！

『不可以遺棄我，我還要有專屬的房間跟床！』

「……我不確定……我可以養你，但是我還有個室友，可能對生命比較不是太在乎——」

『死神嗎？祂會答應的，因為我是禮物。』

「禮物？」誰送的？

『死神間的禮物是不可以拒絕的！』長長的尾巴掃著她的手，『快點答應我，不然我不幫你們了！』

「如果你能保證死神不會對你怎麼樣，我答應！」惜風腦子裡根本亂烘烘的，她是在作夢還是幻覺啊！

這是貓——剎那間，她的臂彎空了。

惜風慌張的摸摸胸膛，果然是幻覺，那隻貓不見了……可是殘餘的溫暖還在啊！

她闔上雙眼，讓自己睡著的話，下次醒來會是何時呢？

希望濂焱平安無事，希望小雪跟游智禔都能全身而退……他送的鈴蘭還沒開花呢！還沒……

地底陷入沉靜，上頭倒是兵荒馬亂，摔上肉泥漿的小雪鬼吼鬼叫的跳了起來，把肉跟血都甩掉，全身都起了雞皮疙瘩。

「好噁！」她尖叫著，沒管另一頭跟絲妮克在纏鬥的賀濂焱。

「喵～」一隻俄羅斯藍貓捲動著尾巴，突然立在桌上。

「咦？」她圓了雙眼，「哇，你真的是神龍見首不見尾，從哪裡來的？既然都來了，就幫個忙吧！」

「喵！」貓竟然點了頭，小雪得揉揉雙眼才能確定牠是真的點頭，俄羅斯藍貓一骨碌的躍下雪地，在工作桌附近用腳挖著雪。

小雪立即上前幫忙，挖沒幾下就挖到了一個東西——她從雪地裡抓出血紅的俄羅斯娃娃，惜風買到的那個？

「啊！」她左手揪起俄羅斯藍貓問著，「叫她實現絲妮克的願望對不對？」

「喵嗚——」俄羅斯藍貓兩隻腳揮舞掙扎著，這女生好粗魯，只抓牠的皮，痛死了！

帥！小雪這才鬆手，興奮莫名的握著那只俄羅斯娃娃，開始左搖右晃。「出來！喂！俄羅斯娃娃，有人要許願了！」

喵白痴！俄羅斯藍貓落地瞪著小雪，趕緊走到那堆血泥裡，暗示小雪用血腥召喚那個公主。

結果小雪太專注，還拿俄羅斯娃娃往工作桌的角敲去。「哈囉！出來一下好嗎？有人要許願！」

剎剎剎！風颳樹梢，絲妮克陡然僵直身子，八個死靈突然現身於雪地裡，而美豔的血腥公主也突然出現。

喵厲害！血腥公主一定是因為俄羅斯娃娃快被拆了才趕緊現身的。俄羅斯藍貓悄悄的隱匿，要是讓公主看見牠在，鐵定又會躲起來。

『搞什麼！很痛！』血腥公主氣急敗壞的說著，『是誰叫我！』

「我！」小雪站起身，指向絲妮克。「她想許願！」

血腥公主倏而看向絲妮克，她卻錯愕的站起，不解的看著這遍地死靈跟邪妖的逼近。

小雪奔向不動的賀灤焱身邊，他全身像冰柱一樣，似乎被絲妮克凍著了。

「哈囉？」她小小聲的附耳在旁，「我可以用打火機燒你嗎？」

「不需要。」賀灤焱皺眉，全身忽然自體內迸出靈光，瞬間震出了許多冰晶般的碎片。

燒他咧……他瞪著小雪，覺得她只是想玩玩看！

絲妮克嚇了一跳，她還是搞不懂，這個人類為什麼能破她的力量？明明將他的血液凍住，他體內卻還是有股火源源不絕！

賀灤焱是沒成冰雕，但血液暫時過度冰冷，他正在調息，看著血腥公主跟絲妮克，他錯過了什麼？

「俄羅斯藍貓叫我把血腥公主叫出來讓絲妮克許願。」小雪乖巧的補上進度。

「俄羅斯藍貓？」來無影去無蹤的傢伙。

這也不錯，讓她們兩個去廝殺嗎？

『妳想許願嗎？』血腥公主望著絲妮克，『雪姑娘也有達成不了的願望啊？』

「我已經許了，我不需要妳了。」絲妮克別過頭去，「我有自己的俄羅斯娃娃！」

自己的？血腥公主目光轉向地底，死靈們也聚集在那裡。

「妳必須實現最後一個人的願望，才可以自由對吧？」賀瀟焱上前一步，引起血腥公主的注意。「但是那許願的人，已經被絲妮克封印在地底了。」

『什麼——』果不其然，血腥公主怒火中燒。『妳把我的許願者關起來了？挖她出來！』

「不行！她是我的俄羅斯娃娃！」

說時遲那時快，死靈、精靈與邪妖，立刻在雪地裡打了起來。

死靈試圖挖著雪地裡的俄羅斯娃娃，卻一再被絲妮克的咒語所傷，但無法勸阻她們；絲妮克跟血腥公主直接大打出手，一個用冰霜，一個用鐮刀，誰也不讓誰的互砍、重生、再互砍、再重生。

「有夠忙！」賀瀟焱趁機思考，看著死靈被傷得殘缺不全，他得找個一勞永逸的方法。

其中有個死靈頻頻偷瞄著他，賀瀟焱注意到她的蒼白容貌與白色長髮。

「絲妮克的姊姊。」賀瀟焱召喚了她。

死靈登時來到他面前，淚眼矇矓。『解放絲妮克，解放她！』

「我可以徹底的燒毀她，也可以解放妳們。」賀瀟焱回答得從容，「但妳必須告訴我絲妮克的弱點，除了業火外，我必須要有個只屬於我的空間。」

『聖靈及太陽，溫度會影響她的能力。』絲妮克的姊姊頓了一頓，『還有心情。』

「心情？」這可太抽象了。

『我們會因為得到愛而狂喜，心情雀躍，一如人類般的心跳加速，血液沸騰……』她笑得很悲情，『然後失去控制冰霜的能力。』

賀瀟焱立刻看向小雪，只說了聲華瑞克，小雪立即領會。「我去找！」

二話不說，她從另一頭奔向小屋。

「妳們許完願之後，靈魂就被置入俄羅斯娃娃了吧？藉以解放血腥公主的九片靈魂。妳們放心，我能解放妳們的。」

『不能……讓血腥公主自由……』死靈幽幽說著，『絕對不能——』

他當然知道。

生前就如此殘忍的女人，被封在俄羅斯娃娃裡數百年，心態一定更加扭曲，讓她自由成了邪魔的話，那還得了。

現在有俄羅斯娃娃鎮住她，未來沒有的話，可就更麻煩了！

第十一章

完願

賀濡焱瞥了廝殺中的兩個女人一眼，實力果然不相上下，而且血腥公主根本不怕雪或冰，他可以趁這個空檔，做一點事情……例如畫一個陣吧！

左顧右盼，似乎只有工具箱那邊才有鐵棒，他壓低身形的拿了一根，開始繞著這片地走，畫一個大圓。

經過小木屋時，聽見小雪正在跟華瑞克吵架的聲音。

「小雪，拖出來就對了。」賀濡焱用中文說著，還在那邊跟他講什麼道理！

兩秒後，賀濡焱聽見了東西砸頭的聲音，鏗然有力！

「你們要對華瑞克做什麼！」絲妮克驚覺情況有異的回首，急忙要奔回，賀濡焱用打火機在她面前築出一道火牆，還微笑的揮手說「哈囉」。

心慌意亂的絲妮克無法專心，她想用雪風吹熄火，但是身後的血腥公主拿著鐮刀追砍著她不放，逼她交出惜風。

打吧打吧，盡量打，人魔妖鬼都一樣，最擅長的都是自相殘殺。

只要滿足私欲，大家什麼事都做得出來，沒有人在乎旁人、沒有人會在意無辜者，眼前的場景並沒有多特別，因為人類的社會就是這樣，只是隱性與顯性的差別。

畫好一個圈，小雪也將華瑞克半拖半拉的帶出來了，賀濡焱上前補好他們進來時毀掉的圈緣，揪過華瑞克警告著。

「你只要說喜歡她就好了，一點都不難，因為她絕對不會傷害你。」賀瀮焱厲聲說著，「對你來說很容易吧？騙女孩子，再把她們賣掉！」

華瑞克皺起眉，看著該是美麗的絲妮克變成一塊一塊，又瞬間恢復……這叫他怎麼說得出來！

「不說的話，我叫那個拿鐮刀的殺你。」小雪語出驚人。

華瑞克蒼白了臉色，不甘願的點了點頭。

「妳那個才叫威脅吧？」賀瀮焱用中文說著。

「我怕惜風會悶死，你快點啦！」小雪已經急得跟熱鍋上的螞蟻一樣。

「她死不了的，別緊張。」

賀瀮焱掠過廝殺的女人們身邊，絲妮克眼尾一瞄，冷不防的飛撲上前。

他的確差點措手不及，立刻喚起一地的雪，掩蓋住絲妮克的雙眼，並且低身閃過拿鐮刀亂砍的血腥公主。

「華瑞克！」他大喊著。

華瑞克？絲妮克果然立刻分心，她看見華瑞克，眼神流露出深情款款。

「住手，絲妮克……」他聲音顫抖，卻半晌說不出「我愛妳」三個字。

嘖！賀灝焱蹙眉，這種販賣人口的人什麼時候會彆扭了啦！

「我不行，我必須等我的願望實現……」她轉向血腥公主，「妳的許願者真的不會死，等她完成我的願望，妳再完成她的願望！」

血腥公主瞪大了眼睛，卻是瞧著華瑞克。『又是你！這個騙子！』

小雪滑到賀灝焱身邊，試圖去幫死靈們挖棺，卻被他阻止。

『不過人到了就好，我還在想對方是誰呢！』血腥公主說著沒人聽得懂的話，『我要完成她許的願，她必須把我放出來！』

「未完成我的願望前，我不會放她出來。」這是俄羅斯娃娃許願的鐵則。

接著又是相打相殺。

「這是要聊到民國幾年？」小雪低咒著，都快哭出來了。「惜風會被悶死的——」

賀灝焱感覺得到冰霜的威力在減弱，死靈們殘破不堪的待在一旁，現在沒有任何阻礙，他闔上雙眼，專心的呼喚業火。

他需要地獄的力量，有兩個受詛咒的靈魂正在塗炭生靈，若是讓血腥公主完全自由，那將歸咎於地獄的失誤……請回應，請回應！

完全沒有任何熱度竄上，賀濔焱望著空無一物的手掌。「我的呼喚力道不夠……」

這片地是冰雪的天下，因為絲妮克是冰雪女兒，所以它不可能允許他借業火。

小雪聞言，突然像想到什麼一樣，從側背包裡繼續翻找東西。

「妳到底是帶了些什麼東西？」每次都有東西可以獻寶。

「這個！」小雪興高采烈的拿出一支……自動傘。

別鬧了好嗎？賀濔焱完全白眼一記，懶得理她。

「真的啦！這是全自動的折疊傘喔！」小雪氣急敗壞的拉住他，把傘鬆開，按個鈕，傘咻的撐開來。

一撐開，賀濔焱就看見貼滿傘內面的符咒——全是萬應宮的！

他有些瞠目結舌，「妳把身上那條金色的護身符綁在上面！」

「咦？那我等一下被殺了怎麼辦！」

「保護妳的不是那些護身符，有別的東西——別囉哩囉唆！」

賀濔焱蹲下來，用火燒著雪，在上頭用匕首畫出了陣形。

小雪丈二金剛摸不著頭腦，但還是依言快速把金色那條護身符拿出來，不過護身符太多，都打結了，她索性全部摘下來，綁在傘柄上頭，叮叮噹噹的活像是風鈴。

最好他是說真的啦，保護她的是別的東西，要不然等一下厲鬼要是突然莫名其妙殺過來，就沒人幫她了！

才綁好，賀瀰焱即刻接過，差點被上頭一大串東西打到，一臉錯愕，不是只要一條嗎，嘖！他撐著傘就站在畫的陣上，傘下全部是他的世界，於天於地都是萬應宮的範圍——不再屬於冰雪！

賀瀰焱深吸一口氣，再次呼喚。

但是，血腥公主鐮刀使到一半察覺到了，她感覺到變化般的往賀瀰焱望去，全身氣到不住發抖。『殺掉他！殺掉他！』

伴隨狂吼與口令，殘缺的死靈們只好衝向賀瀰焱，血腥公主高舉著鐮刀對準他頸子，也衝了過來。

小雪慌亂的上前，卻不知道自己有沒有力量擋住那些女鬼。

鐮刀揮下，在小雪頸邊二十公分處敲到了無形的結界，硬生生擋住血腥公主；而右手邊群起湧上的死靈按照慣例，也再次被彈飛出去。

專注的賀瀰焱，感受到熱度了——地獄請聽我的呼喚，我需要業火……需要……

「喵——」

俄羅斯藍貓優雅的站到傘下，賀濔焱倏地睜眼，感覺到地獄之門大開，一股熱浪衝了上來——剎那間，業火順著賀濔焱的腳下竄了上來，燒出豔豔火光。

『啊啊啊——』血腥公主再妄為也知道那是什麼，她驚恐的後退。

火順著賀濔焱畫的大圓陣開始延燒，華瑞克跑得比誰都快，急忙衝出圈子，往木屋邊的車子奔去。

絲妮克、血腥公主及死靈瞬間被關在業火陣裡，火圈裡的雪開始急速消融，而且無法再生。

『不公平！這太不公平——快點放她出來，否則業火也會把她燒死的！』血腥公主拉著絲妮克尖吼。

「你不會殺死惜風的，你不可能……」絲妮克慌了，那個男人身上為什麼會有地獄的氣息？

「要試試看嗎？」賀濔焱微微一笑，「我以前燒死過自己最喜歡的女生喔！」

「她死不了的！她是死神的人，死不了的……」絲妮克喃喃唸著，慌亂的不能自已。

賀濔焱眼尾瞄了一眼小雪，絲妮克的力道已經變弱，這陣內不再是冰雪的世界。「去挖。」

小雪立刻跑去挖墳穴，上頭的雪都融了，也沒有什麼可怕力道阻擋，死靈們嚇得跪地哆嗦，賀濡焱則八風吹不動的與絲妮克及血腥公主僵持。

『我要先完成她的願望——』血腥公主豁出去了，『就算她沒有來得及把我放出來，等她死了靈魂還是歸我！』

絲妮克的姊姊便是如此，她許下了願望，達成之後來不及打開俄羅斯娃娃，就被華瑞克帶去販賣，在過程中死亡。

死亡後靈魂回不到雪地，而是進入俄羅斯娃娃裡。

「惜風沒有許願。」賀濡焱說得斬釘截鐵。

『她許了、她許了——』血腥公主喜不自勝的狂樂著，『她要跟華瑞克永遠在一起，希望華瑞克可以愛上她！』

——咦？

正準備把棺木拉起來的小雪都傻了，惜風跟華瑞克？拜託，這才叫別鬧了吧！

絲妮克愣愣的望著，彷彿也不敢相信自己親耳所聞。

「叭——叭——」不遠處傳來喇叭聲響。

「絲妮克！絲妮克！」俄語在空中喊著，華瑞克開著車從車窗大喊。「我們走！快點快點！」

絲妮克望向了血腥公主，欣喜若狂的大聲說謝謝，不顧一切的穿過業火陣，奔向了她此生唯一愛戀的那個男人。

她使用大風雪從業火中間吹開一小條縫，使勁奔了過去，即使如此，業火還是燒上她的身，只是力道暫時不強。

沒有人搞得清楚怎麼回事，小雪再努力也搬不出棺材，大喊著賀潹焱，但是他還不能動。

事情還沒解決，他雖然不確定發生了什麼事，但至少知道，許願的不是惜風，是絲妮克。

絲妮克跳上了車，華瑞克立刻開走，他不知道剛剛為什麼會突然想叫她，但是有股力量促使他一定要帶她走。

「噢，華瑞克！」她身上頭髮都有焦痕，哭得泣不成聲。

「別哭了，我們走，離開之後一切就沒事了！」華瑞克溫柔的說著，撫上她的臉頰。

大概是太漂亮了……今晚的交易砸了，得用一個稀世美女去補，至少送給有關係的人。

對，把她當高價品賣掉，也不錯。

「我愛你！我真的真的很愛你。」絲妮克感動的說著，白皙的臉上第一次出現紅暈。

「我也愛妳。」他敷衍的說著，血腥公主的力量讓他忘記了絲妮克的真實身分。

絲妮克緊緊的抱住他，華瑞克因身上有傷口，忍不住喊痛出聲，她嬌聲說著對不起，小心翼翼的環抱住他。

華瑞克說的「我愛妳」盤旋在她心裡，讓她甜得閉上雙眼，笑得合不攏嘴。

「你真的愛我嗎？」

「真的很愛妳。」這種回答跟問他餓不餓是一樣的道理，他從不在意。

華瑞克低聲笑著，撫摸這白痴天真的女……咦？他抬起了手，怎麼這麼濕？

他低首望著懷中的絲妮克，她她她——竟然在融化！

「哇啊——怎麼回事？」他慌亂的不能自已，車子在車道上開得歪七扭八。

「我愛你……」絲妮克心滿意足的笑著，緊緊抱著華瑞克。

雪姑娘一生只有一次的愛戀，當得到被愛的滿足與幸福時，就會被愛情的溫度所融化。

沒有幾分鐘，廂型車撞上了山壁，華瑞克不停的慘叫著，因為車內的積水不是只有絲妮克融化的而已，而是不停的化出水，他會滅頂的！

「不不——救命！絲妮克！」華瑞克拚命敲著車窗，門打不開，車窗也降不下來，絲妮克已經消失，但是水沒有停止！

白光咻的自車子飛出，落進角落的俄羅斯娃娃裡，同時間，俄羅斯娃娃裡竄出最後一片紅色的靈體，進入血腥公主的靈體。

她瞪大雙眼，看著自己完整的靈體，欣喜若狂。

『自由了！我自由了！我——』她開心死了，第一件事，她就是要殺掉所有比她美的女生，第二件事是——

是……血腥公主感受到一股灼熱，詫異的看著自己的裙子，曾幾何時竟然纏上業火！

「我就在等這一刻，小雪，閃遠一點！」賀濡焱的火苗燒上血腥公主的身子，得意的往前走。

『不行！我好不容易才恢復的，我好不容易——』血腥公主淒厲的慘叫著，鐮刀亂揮著，但業火燒得她身子好痛好痛。

「喵餓！」俄羅斯藍貓突然跑上前，「我喜歡三分熟！」

「三分……」嗯？賀濰焱錯愕的低首看著那隻俄羅斯藍貓，牠正舔著嘴巴，用飢餓的眼神盯著遭受火焚的血腥公主。「你要吃這個？」

「美味啊……」俄羅斯藍貓瞇起眼，期待的笑了起來。

暫且不管貓會說話這點，全身是火的賀濰焱冷不防的把血腥公主的鐮刀揮開，大手罩住她的臉龐，這樣才能徹底的由內燒到外。

「喵過頭——」俄羅斯藍貓發出高分貝的尖叫，彷彿在說——再烤下去就過頭啦！賀濰焱鬆手疾速後退，雙掌一收，所有的火自身後不停後退，直到收回他的掌心為止。

「賀濰焱！可以了吧！」小雪氣急敗壞的喊著。

他驅前，使勁將俄羅斯娃娃拖出來，一層一層的打開，裡頭的屍殼令小雪作嘔，但她還是哭著把俄羅斯娃娃剝開，直到最後一層，卻都找不到出口！

『嘎呀——』一點鐘方向傳來驚恐的尖叫聲，小雪抬首一看，俄羅斯藍貓悠哉悠哉的走回來，還不停的舔著唇，而血腥公主已經連殘塊都不剩了。

眼前的俄羅斯娃娃應聲而裂，賀濰焱急忙的撥開碎裂的木頭。

「喝——」惜風狠狠的倒抽一口氣，空氣流進肺裡，她瞪大了眼！

「惜風！」小雪喜出望外大喊著，她望著眼前的人，眼淚再次飆了出來。

惜風一骨碌坐起身，雙臂一張，緊緊的抱住了賀瀟焱。

他也使勁……珍惜的回擁著她。

小雪皺著眉尷尬的跪坐下來，鬆了一口氣，真是見色忘友的傢伙啦！

呃，我羅斯藍貓打了個飽嗝，懶洋洋的坐在一邊休息。

遠遠的，車子裡漂浮著一具水屍，華瑞克腫脹的眼珠跟臉呈現出不可思議的臉龐，水中彷彿還有著絲妮克最後的呢喃。

我愛你……我愛你……

尾聲

賀濔焱的特殊朋友們，開了好幾台車來到現場，沒有一個人對眼前的景象感到畏懼，反而認真的討論著使用的咒術及死靈的種類，後來甚至保留現場，說要當隔天的教學場景。

賀濔焱無所謂，他只想要休息、療傷、吃東西而已。

他把俄羅斯娃娃交給了當地相關人士，表明邪氣已經不在，鎖在裡面的靈魂都是需要超渡或淨化的普通死靈，請他們幫助；惜風當然知道裡頭也鎖著絲妮克的靈體，但是他們都不透露。

華瑞克的屍身在車子裡載浮載沉，生命就這樣被融化的絲妮克帶走。

血腥公主算是滿足了絲妮克的願望，讓她永遠跟華瑞克在一起，事實上在絲妮克死亡時，她也認為如此。

絲妮克正是俄文「雪」的發音，只是不熟悉的他們無從發現。

游智禔有輕微腦震盪，其實華瑞克打他那一記是還好，聽說是後來摔了兩次變得比較嚴重，所以待在旅館，有專門醫生固定來照顧；賀濂焱直接住進了與惜風房間相通的隔壁房，小雪沒有告訴游智禔，以免他會氣火攻心，這裡可沒有中醫可以開藥讓他退火。

他們再一次跟正派的警方前往那個倉庫區，打開同一個倉庫時，裡面已經空無一物，整個倉庫被清得乾乾淨淨，但是屍臭與屎尿臭味都還存在，鑑識人員也進行蒐證。

台北辦事處的人對於同事的慘死與作為感到相當不可置信，但是相關單位仍舊對所有人進行調查，以防還有共犯。傑德的死當成意外處理，艾森跟 Ivan 燒成骨灰運回台灣，家屬半句不吭，看來是打點好了。

至於芬妮成為失蹤人口，就現場驗出的血跡量而言，大家都知道凶多吉少。

華瑞克的溺斃成了懸案，人形俄羅斯娃娃的屍殼們全是華瑞克的女友或是夥伴，只要跟他在一起，有比較親暱互動的，都被絲妮克所殺。

只剩屍殼，其他部分已不復在。

這些離奇案件由特殊單位壓下塵封，不需要為大眾所知。

「對不起！」小雪幾乎都要九十度鞠躬了。「這次又是我的錯！」

「唉，比起詛咒磁鐵，我覺得惹事磁鐵比較可怕喔——」賀濂焱搖了搖頭。

「別鬧，這次不算是小雪的錯，她也沒想到對方會塞本子給她。」惜風趕緊幫小雪說話。

「我站在賀濡焱這邊。」游智禔白眼瞪著小雪。

「實在是……」賀濡焱其實也明白啦，「只是那種……有人死在妳面前的情況下，妳為什麼不會想把證物交給警方呢？」

「因為死者就說不能交啊！」小雪拖著行李箱往前走，義正詞嚴。

「妳懂俄語？」

「他沒說話，」小雪認真的看向賀濡焱，「這是一種直覺！」

「直覺妳個頭！」賀濡焱沒說話，游智禔開口了。「就是因為妳沒交，才搞出這種事……不對，是因為妳還跑去看！」

「哎喲，我就是覺得奇怪嘛！」小雪鼓起腮幫子，「而且一進警局警察就充滿歧視，超機車的，我就不爽交！」

賀濡焱實在有點無力，因為她的好奇心，差點害死不只一隻貓。

「別怪她了，又不只有這件事。」惜風急忙幫腔，「買下血腥俄羅斯娃娃的是我、遇上絲妮克的也是我……」

「這不能怪妳啊，買東西是機運，絲妮克也是主動找上妳的！」游智禔非常客氣的說著。

小雪忍不住停了下來，不懷好意的從上到下、再從下到上打量了游智禔一圈，還嘖嘖嘖的三聲。

「喂，怎樣！」

「喲，惜風怎樣都沒、關、係～」小雪邊學游智禔說話，一邊加快腳步。

「喂！」游智禔還是追了上去。

惜風輕笑著，賀濡焱一臉無奈。「他們是七歲嗎？」

她仰起頭，主動牽起他的手，兩個人十指緊扣，什麼話也沒說，只是靜靜的往前走。

游智禔追小雪追到一半回頭看到那情景，覺得心都沉下去了。

「欸，別看了啦，越看越傷心。」小雪一掌擊上他肩頭，「都還沒開始，傷口還很淺。」

「他們早就在一起了嗎？」游智禔很沮喪。

「沒有啊，事實上你現在問我他們有沒有在一起，我也不能給你確定的答案。」小雪嘟起嘴，「平常沒有聯絡，也不是男女朋友，可是你看看——」

小雪瞇起一隻眼，用雙手的食指跟拇指圍成一個框，比向遠處攜手的兩人。

「我覺得他們有一股誰都介入不了的氛圍。」

唉……游智禔嘆的氣更長了，小雪只是淺笑，拉著他先去託運行李。

「絲妮克……一生就只能愛一個男人，在最幸福的時候死去，讓我有點羨慕。」惜風幽幽出口，「至少她可以選擇她想愛的人。」

「用這種方式，我還滿不以為然的。」賀瀟焱冷哼一聲。

「那也是剛好我來這裡，她注意到我的不死之身……」難怪絲妮克會說她是幸運星，「可是雪姑娘的命運就是如此，冬天出生……擁有一次賭命的愛戀……」

「妳沒這麼悲哀，不必把自己看成那樣。」他溫柔的說著。

「是嗎？」她可不認為，等會兒上了飛機，又得回到那個冰冷且備受監視的地方。

「妳不是正打算選擇自己的人生嗎？怎麼經過這個事件反而沮喪了？」賀瀟焱停下腳步，「妳何不這樣想？即使知道自己只有一次的愛戀，而且得到愛情就會融化，絲妮克還是義無反顧不是？」

明知道一定會死，她卻從不後悔，明知道華瑞克是怎樣的男人，她依然愛得無怨無悔。

很傻，但是誰能說她追逐幸福的初衷是錯的？

惜風深吸了一口氣，淚水忍不住盈眶。「我現在心裡都是恐懼，我怕祂知道你的事，我怕祂對你跟郭佳欣她們一樣，冷不防的殺掉你——恐懼讓我裹足不前，我沒有辦法放膽去做！」

在俄羅斯遇到賀瀮焱之前，她雖無頭緒卻信誓旦旦，但是見到他之後，她整個就慌了！

俄羅斯的死神會怎麼跟祂說？祂會知道賀瀮焱的存在，而且知道他們之間已經見過許多次面，更會知道她韓國的經歷有欺瞞祂。

「妳現在是因為要護著我，所以產生恐懼？」賀瀮焱導出這個結論。

惜風睜圓了眼，她沒想過這麼簡單的答案，豆大的淚珠滑下臉龐，抬起頭凝視著他。答案，不言而喻。

她瞬間領會了自己的心，嚇得摀住雙唇，雙頰泛出霞光，驚慌得不能自已——她、她……難道她喜歡上賀瀮焱了？

怎麼可能！他們不過有幾面之緣，每一次都是在逃生、避鬼、受災厄，可是、可是……

她卻依賴著他的存在。

「如果這樣的話……」他慎重的拉下她的手，心中千頭萬緒。

望著慌亂的惜風，他俯頸而下，吻上了她驚愕的唇。

他拋開千頭萬緒，只想順著現在的衝動去做一件事。

這個吻突然到惜風沒有來得及閉上雙眼，她的心跳幾乎瞬間停止，但是唇上的溫暖通徹她的四肢百骸，幾乎要逼出她更多的淚水。

賀瀟焱緩緩離開她的唇，事實上這個吻的意義是什麼，連他自己都不知道！剛剛那瞬間，他什麼都無法思考，只是想吻她。

這中間包含了什麼，他無法確認，也無法給答案，別談論愛或是男女之情，他知道不及，但是就是……捨不下她。

兩個人的氣息緩吐在彼此臉上，雙目燒灼的相互凝視，一個字都說不出來，因為他們根本不知道該說些什麼！

『我說啊，』一個少年的聲音突如其來的在兩人中間響起，『你們是當我不存在就是了！』

咦咦？賀瀟焱跟惜風唯一的一點點浪漫瞬間被剝奪掉，驚愕的看著站在身邊的少年。

他不客氣的把兩個人掰開，沒好氣的掃了他們兩人一眼。

少年是個花美男，才十四歲的青澀臉龐，一雙大眼配著金髮，萌透了！可是開口說的卻是他們都聽得懂的中文。

『明明說怕死神怕得要死，還在我面前接吻，難道不怕我跟那傢伙說嗎？』祂手上還抱著那隻俄羅斯藍貓，噘著嘴裝可愛。

賀瀟焱聽過那個聲音，他錯愕的望著這個小男生。「俄羅斯的……死神？」

『嗯！』祂點了頭，惜風倒抽了一口氣。

這個小男生是俄羅斯的死神？身高才……不不，這不是重點，年紀是……不，祂一定是化身！

『別看了，我就喜歡這模樣。』祂舉起手上的貓，『認清楚了，我會派人送過去給妳。』

「給妳？」賀瀟焱皺起眉。

「我答應要養牠，牠才要幫我們的，在雪地裡時……」惜風好心提醒，是俄羅斯藍貓暗示小雪幫忙的。

「死神不會讓她養貓。」賀瀟焱說得斬釘截鐵。

『這是我送的禮物，祂敢不收？』少年得意的笑著，『好好待牠，牠會幫妳找到該走的路！』

「咦？」惜風愣了一下，這是否有弦外之音？

『我答應的一定做到，我不會把你們之間的曖昧說出去，還有剛剛那個吻，但另外兩個人類我就不確定了。』少年聳了聳肩。

「我不怕。」賀灝焱輕蔑的說著。

少年挑起一抹笑，定定的看著賀灝焱。『你是真的要挑戰死神嗎？』賀灝焱挑了眉，一切盡在不言中。

少年一把拉過惜風，『值得嗎？』

「那不在我的考慮範圍，我只知道，我想為她這麼做。」賀灝焱老實的回答，「我目前只想讓她離開死神的禁錮，就這樣。」

對，現在存在於他腦中的事，僅有這件。

其他太遠搆不著的事，他不願去思考太多。

『呵，人類總是單純得很有趣。』少年抱著貓往外走去，『我是來送機的，噢，建議你們搭下一班回家比較好。』

咦？

賀濡焱立即左顧右盼，「小雪他們呢？」

下一秒，兩個人同時抓著行李衝向行李櫃檯，恰好差一步輪到他們兩個人！賀濡焱立即要求改搭下一班飛機，搞得小雪跟游智禔不明所以，惜風只好掰稱警方說有事未了，得請他們延一延。

所幸下一班飛機還有位子，事實上就算沒有位子也無所謂，這一班無論如何搭不得。惜風深吸了一口氣，一路跑過來，腳下是滿滿的死意，這班飛機的登記櫃檯，幾乎已經被死意鋪滿了。

飛機失事的死意，她等一下再來撿吧。

儘管知道會有三百多人即將身故，但那是他們的命，她無論如何不得干預，否則別說祂不饒她了，剛剛那萌系花美男死神也不可能輕易放過她。

干預何用？終究難逃一死。

最終上了行李，小雪趕緊把忘在側背包裡的傘放進行李箱裡，以免等一下過X光檢查時無法通過。

打開側背包時，惜風看見她的藍色俄羅斯娃娃閃過一抹光澤，她伸手想去拿，賀濡焱的大手立刻包握住她，微微往後拉。她詫異的望著他，他笑著搖首。

保護小雪的，是那個殺價買到的俄羅斯娃娃。

「小雪……妳那個俄羅斯娃娃回去之後要怎麼處理啊？」惜風溫溫的問。

「我想擺在房間啊，很可愛！」

「妳……有對它許什麼願嗎？」她輕聲的提醒著，「如果有的話，要記得把每一只都擺出來喔！」

「我？」小雪抓出雨傘，愣了幾秒，旋即啊了一大聲——

『讓我們大家平安無事吧！我、惜風、游智禔跟賀帥哥，大家都能安然無恙，平平安安。』

她瞪大了眼睛看著惜風跟賀濡焱，他們微笑頷首，就游智禔狀況外，一直在問怎樣怎樣！

「誰叫你不買，你不是我們這國的！」小雪吐了吐舌，蹲下身子，把行李箱的拉鍊打開。

「那是女生玩的吧？」又開始吵起來了。

看著小雪把那把「全自動折疊傘」放進行李箱裡，賀濡焱想起更重要的事情——禮貌不能失，這女生雖然莽莽撞撞的，可是幫了大忙。

「喂，這次謝謝妳了，」他鄭重的為那把傘、打火機等等物品跟她道謝。「妳帶了好法寶！」

「呵，我姊教我的！」小雪瞇起眼笑得開心，「她說啊，這法寶萬無一失，好用得很！」

「哦？妳姊也是同道中人？」

「不，她是普通上班族。」小雪眨了眨眼，「我跟她聊到萬應宮才知道，原來她不但知道，還是忠實信眾喔！」

「妳那雨傘是避邪物品啊？」游智禔皺起眉，「的確沒什麼感覺！」

「厚，你應該看看我姊的避邪物品，比我威一百倍！」小雪說得一副與有榮焉的樣子，賀濡猋是不意外，因為萬應宮的信眾非常多。

「是怎樣的？」游智禔倒是很好奇，雖然他討厭賀濡猋，卻有點想去萬應宮一趟。嗚，應該也要求這麼一堆符，下次才不會出事對吧？

到現在，頭還是暈的咧！

最重要的是覺得自己好沒用，完全沒幫上忙，還一路被小雪喊「肉咖」！

「一把西瓜刀。」小雪認真的把行李推上去。

嗯？

「上面全部貼滿萬應宮的符紙。」她比手劃腳。

西、西瓜刀？在場三人都沉默以對，基本上不必貼符紙的狀態就很威了吧？男生們卻又同時都在想，這或許不失為一個好武器。

地勤人員微笑的接過小雪的護照，這是自家的航空，所以都是東方臉孔。

「葛宇雪小姐？」

「嗯。」

姓葛？嘖！賀濔焱忍不住笑了起來，怪不得他聽過開山刀貼符紙的例子……噢，是西瓜刀。

「回到台灣後又得分道揚鑣了。」惜風口吻裡有些依依不捨。

「何必？」他再度大方的摟過她，游智禔雙眼又看得冒火。

「咦？」

「我會陪著妳，直到出境為止。」

※　※　※

『為什麼他會跟妳在一起！』

咆哮聲理所當然的響起，惜風不意外，反而很驚訝死神可以撐到她下計程車才開口。

『他看得見我，還用不敬的眼神瞪著我！』

「他沒瞪你，只是好奇罷了。」惜風喝著路上買的飲料，很自在的模樣。「一般人身邊很難得會有死神。」

『妳跟他約在俄羅斯？』

「巧遇。」惜風深吸了一口氣，「那種鬼地方，要不是真的剛好遇到他，我現在還被埋在地底下！」

面對惜風突如其來的低吼，死神反而錯愕了。

什麼？為什麼俄羅斯死神什麼都沒說？祂從頭到尾只說：『他們很好，很平安，我讓他們延下一班飛機回去，因為原本那班是失事班機。』

事實上沒錯，惜風他們原本要搭的那班飛機墜毀，無一生還。

「你選的地方，結果我遇到什麼？黑道、光頭黨、人口販子、被詛咒的俄羅斯娃娃，還有雪姑娘！」惜風一個個數出來，「雪姑娘要把我當成俄羅斯娃娃最小的那個，深埋在地下，直到我實現她的願望才要放我出來——你知道窒息而死有多痛苦嗎？偏偏我還死不了！」

『不——祂說妳沒事的！』死神的口吻帶著慍怒。

「我現在沒事，都是託小雪的福、託賀濔焱的福，他們救了我兩次。」惜風鼓起勇氣把氣勢作足，「就不要說我還被追殺，扣掉雪姑娘，有個被詛咒的俄羅斯娃娃打算把我封印進玩偶裡，你知道嗎？」

『為什麼！』

「我以後要自己選地方了。」她不想回答祂，語帶不悅的說著。

『惜風，那個賀濔焱真的只是剛好出現在俄羅斯？』死神不愧是死神，很難被轉移話題。

惜風認真肯定的回著，「是，他參加靈能者的交流會，你可以去查。」

『妳對他有特殊感覺。』祂低沉的說。

「有的話，俄羅斯死神會告訴你吧？」惜風不正面回答他。

死神不語，俄羅斯死神太多沒說了，一句「她沒事」就帶過了她在俄羅斯的旅遊，發生這麼多事，那傢伙竟然直接跳過！

「我累了，我想睡了。」惜風拉開被子，鑽進被窩裡。

死神來到床邊，為她覆上被子。『妳受折磨了嗎？』

「嗯……」她闔上眼，點了頭。

『出了台灣就不是我管轄的地方，我一定會找俄羅斯死神——』

「你上一個寵物養了多久？」

登時，惜風睜開雙眼，看著眼前那始終用斗篷遮臉的死神。

她從未看過祂的真實樣貌，只有披著斗篷的身影，即使這樣面對面，也只能看到黑漆漆的面容。

『誰告訴妳的！』怒火上衝，惜風感覺得到。

「多久？」她撐起身子問著，「你打算養我多久？然後呢？」

刷！斗篷飛揚，惜風瞪圓雙眼，下一秒就倒向枕頭，昏睡過去。

死神依然為她覆上被子，祂站在床邊凝視著她數秒，然後消失在房間裡。

在祂看不見的地方，有事情在運作著，祂感覺得到……命運正走向祂無法控制的地方。

但是，這個寵物，祂絕對不可能放手！

作者　等菁
封面繪圖　Fori
美術設計　三石設計
總編輯　莊宜勳
主編　鍾靈
編輯　黃郁潔

出版者　春天出版國際文化有限公司
地址　台北市忠孝東路四段303號4樓之1
電話　02-7733-4070
傳真　02-7733-4069
E-mail　frank.spring@msa.hinet.net
網址　http://www.bookspring.com.tw
部落格　http://blog.pixnet.net/bookspring
郵政帳號　19705538
戶名　春天出版國際文化有限公司
法律顧問　蕭顯忠律師事務所
出版日期　二〇二二年八月初版
定價　280元

總經銷　楨德圖書事業有限公司
地址　新北市新店區中興路二段196號8樓
電話　02-8919-3186
傳真　02-8914-5524

國家圖書館出版品預行編目資料

異遊鬼簿II：血孃 / 等菁作．--初版．--臺北市：
春天出版國際, 2022.08
面；　公分
ISBN 978-957-741-558-5 (平裝)

863.57　　　111008460

ISBN 978-957-741-558-5
Printed in Taiwan